Louise Cooper

Der Fluch der Meerjungfrauen

Die schwarze Perle

Aus dem Englischen von Anne Braun

Klopp · Hamburg

In der Reihe *Der Fluch der Meerjungfrauen*
von Louise Cooper sind erschienen:

Der silberne Delfin
Der geheimnisvolle Schatz
Das magische Tor
Die schwarze Perle

FSC
Mix
Produktgruppe aus vorbildlich
bewirtschafteten Wäldern und
Recyclingholz oder - fasern

Zert.-Nr. SGS-COC-003091
www.fsc.org
© 1996 Forest Stewardship Council

Die Originalausgabe erschien unter dem Titel
»Mermaid Curse – The Golden Circlet«
First published by Puffin Books,
part of Penguin Books Ltd. UK, 2008
Aus dem Englischen von Anne Braun
Einband von Zdenko Bašić
Druck und Bindung: Bercker Graphischer Betrieb, Kevelaer
Printed in Germany 2010
ISBN 978-3-7817-0343-8

www.klopp-buecher.de

Prolog

Rose starrte ihre jüngere Schwester Lizzy an. »Ich würde kein Wort von dem glauben, was du mir gerade erzählt hast«, sagte sie. »Es klingt total verrückt und hirnverbrannt. Aber ich habe es mit eigenen Augen gesehen. Die Meerjungfrau hatte dieselben Haare wie du. Und Kes – er war kein normaler Junge mehr; er hatte einen Fischschwanz. Und du warst mit ihnen zusammen im Meer, als ob du auch eine Meerjungfrau wärst.« Sie blinzelte und schüttelte dann energisch den Kopf, als wollte sie etwas abschütteln. »Das heißt ... dass du wirklich eine Meerjungfrau bist, oder?«

Lizzy zögerte, nickte dann aber. »Ja«, sagte sie. »Ich konnte es zuerst auch nicht glauben. Mir ging es genau wie dir. Aber es ist wahr, Rose. Die Meerjungfrau, die du gesehen hast – Morvyr –, ist meine leibliche Mutter.«

»Und Kes ist –«

»Mein Zwillingsbruder. Aber er ist unter Wasser aufgewachsen, und deshalb hat er eine Menge Dinge gelernt, die ich noch nicht kann. Er kann sich zum Beispiel verwandeln und ganz nach Lust und Laune ein normaler Junge oder ein Meerjunge sein.«

»Kannst du das auch lernen?«, fragte Rose staunend.

Lizzy lachte verlegen. »Ich kann unter Wasser atmen. Das haben mir die Delfine beigebracht, damals, als ich die Wahrheit erfuhr. Und Kes behauptet, ich könne mich ebenfalls verwandeln. Aber ich habe es versucht und versucht, es klappt einfach nicht!«

Rose schwieg, während sie versuchte, die vielen Neuigkeiten zu verdauen. Sie und Lizzy wussten seit Jahren, dass sie beide adoptiert waren. Rose wusste allerdings, wer ihre leiblichen Eltern waren, während Lizzys Herkunft immer unklar gewesen war. Sie war als Säugling gefunden worden. Dass ihre kleine Schwester nur zur Hälfte Mensch war, hatte Rose noch nicht so recht begriffen. Sie hatte schon vor Jahren aufgehört, an Meerjungfrauen zu glauben. Aber jetzt ...

Auch Lizzy schwieg. Sie konnte sich vorstellen, was in Rose vorging, denn ihr war es ähnlich ergangen, als dieses Abenteuer begann. Es war eine Geschichte, die ihre kühnsten Fantasien übertraf. Und das alles hatte erst vor wenigen Wochen angefangen, als die Mädchen mit ihren Adoptiveltern nach Cornwall gezogen waren und Lizzy am Strand einen Jungen namens Kes kennengelernt hatte. Kes hatte in ihr seine verschollene Zwillingsschwester erkannt. Und er hatte ihr die verblüffende, unglaubliche Geschichte ihrer leiblichen Familie erzählt.

Vor Jahren war ein gekenterter Fischer namens Jack Carrick von einer Meerjungfrau namens Morvyr vor dem Ertrinken gerettet worden und sie hatten sich ineinander verliebt. Kara, die Königin des Meervolks, hatte mit einem Zauberspruch bewirkt, dass Jack zeitweise unter Wasser leben konnte; er und Morvyr hatten geheiratet und Zwillinge bekommen: Lizzy und Kes. Doch das Glück der kleinen Familie war nur von kurzer Dauer gewesen, denn wenig später war Königin Kara von der bösen Taran überfallen und getötet worden. Taran hatte den Thron an sich gerissen und die goldene Krone mit den neun magischen Perlen gestohlen. Diesen Perlen verdankte die Königin des Meervolks ihre magischen Kräfte. Kurz vor ihrem Tod war es Kara noch gelungen, zwei dieser Perlen aus der Krone zu reißen – die schwarze und die silberne. Wenige Augenblicke vor ihrem Tod konnte sie sie Morvyr anvertrauen, die ihr versprach, gut darauf aufzupassen.

Taran wollte diese beiden Perlen natürlich um jeden Preis haben, denn ohne sie war ihre Macht nicht vollkommen. Sie hatte versucht, Morvyr zu überreden, ihr das Versteck der Perlen zu verraten. Und als Morvyr sich weigerte, hatte die unrechtmäßige Königin vor Wut die neugeborene Lizzy entführt und am Strand abgelegt, nur wenige Meilen von Morvyrs unterseeischem Heim entfernt.

Trickreich, wie Taran war, legte sie eine falsche Fährte aus, die Lizzys leiblichen Vater, Jack Carrick, glauben ließ, seine Tochter sei in ein weit entferntes Land gebracht worden. Deshalb reiste er elf Jahre lang um die Welt, um sie zu suchen. Während der ganzen elf Jahre war Taran vergeblich der schwarzen und der silbernen Perle hinterhergejagt. Nun aber war Jack nach Hause gekommen. Er hatte die schwarze Perle immer mit sich herumgetragen. Und die silberne Perle war in dem Geheimfach von Lizzys Amulett gewesen, das Lizzy die ganze Zeit um den Hals getragen hatte.

Zumindest *war* sie in ihrem Amulett gewesen – bis Taran davon erfahren hatte. Sie zwang die Zwillinge, ihr die silberne Perle zu bringen. Nun fehlte ihr nur noch die schwarze Perle – das Einzige, was sie von ihrer heiß ersehnten Macht trennte.

Und nur Lizzy und ihre wiedergefundene leibliche Familie konnten verhindern, dass Taran diese Perle in die Finger bekam.

Nach einer Weile sagte Lizzy: »Es muss aber unser Geheimnis bleiben, Rose. Unseres und das ... meiner anderen Familie. Du darfst es keiner Menschenseele sagen, versprochen?«

Rose musterte sie lange und lächelte dann. »Klar erzähle ich es niemandem«, sagte sie. »Außerdem – wer würde mir glauben? Niemand glaubt im 21. Jahrhundert noch an Meerjungfrauen oder Magie oder ähnliche Dinge.«

»Aber es gibt sie«, sagte Lizzy leise. »Wir beide wissen es.«

Wieder schwiegen die beiden Mädchen für eine Weile. Dann griff Rose nach Lizzys Hand. »Ja«, sagte sie. »Wir beide wissen es.«

1. Kapitel

»Nun, ich muss sagen, so ein kleiner Familienausflug ist eine schöne Abwechslung«, sagte Mr Baxter, während er die Wagentür abschloss und den anderen dann zum Ausgang des Parkplatzes folgte. »Wir sollten so etwas öfter machen.«

»Ich kann es kaum erwarten, die Hauptattraktion zu sehen«, sagte Mrs Baxter. »Ich wäre zu gern im Hafen gewesen, als sie angeschleppt wurde.« Sie schaute ihre beiden Töchter an. »Ihr Mädchen habt sicher großes Aufsehen erregt, nicht wahr?«

Lizzy und Rose tauschten einen kurzen Blick aus, und Lizzy sagte: »Das Ganze hatte eigentlich nicht viel mit uns zu tun, Mum. Mr Treleaven und J-, ich meine, Mr Carrick haben alles gemacht. Dass wir mit an Bord waren, war reiner Zufall.«

Rose schaute Lizzy an und zog spöttisch eine Augenbraue hoch, und Lizzy glaubte, dass sie ihr wortlos etwas wie *»Ach ja? Und was ist mit allem Übrigen?«* zuraunte. Lizzy achtete nicht darauf, merkte aber, dass sie rot anlief.

Sie überquerten die Straße und folgten den Hinweisschildern, auf denen SEALIFE CENTER stand. Die üblichen, unzähligen Sommerurlauber bevölkerten die Stadt, und Rose wäre zu gern an den vielen Geschäften stehen geblieben, die Surfzubehör, Schmuck und anderen Krimskrams verkauften, doch der Rest ihrer Familie hatte keinen Blick dafür übrig und ging einfach weiter.

Das Aquarium war ein großes, langes Gebäude, direkt an einem der Strände der Stadt gelegen und über eine breite Treppe erreichbar. Vor der Kasse stand eine Schlange, doch sie war zum Glück nicht sehr lang. Bei diesem strahlenden Wetter waren die meisten Leute doch lieber am Strand. Als die Baxters in der Schlange standen, schaute Lizzy aufs Meer hinaus. Es war Ebbe, und weiße Schaumkronen zierten die Wellen, die sich weit draußen überschlugen und deren Rauschen ein beständiges Hintergrundgeräusch bildete. Die Küste im Norden von Cornwall sah ganz anders aus als die im Süden, wo sie wohnten, fand Lizzy. Dort gab es Hafenstädte und einsame Meeresarme, hier dagegen endlose Abschnitte mit glattem, goldenem Sand vor hohen Klippen, die wie stützende Pfeiler aussahen und sich dunkel vor dem blauen Himmel abzeichneten. Der Strand wurde immer bunter, als zunehmend mehr Urlauber ankamen, ihre Badetücher und Liegen ausbreiteten und ihre Windschutzzelte aufstellten. Und in einiger Entfernung sah Lizzy die an ihrer rot-gelben Kleidung leicht zu erkennenden Rettungsschwimmer das Ufer abschreiten.

Inzwischen waren die Baxters an der Kasse angekommen, kauften Eintrittskarten und betraten das Aquarium. Als sie von der Helligkeit draußen nun in den dämmerigen Innenraum traten, zog sich Lizzys Magen kurz zusammen. Die »Hauptattraktion«, auf die Mrs Baxter so gespannt war, war dem Fischkutter *Regard* auf hoher See ins Schleppnetz gegangen. Die *Regard* gehörte Mr Treleaven, dem Vater von Roses neuem Freund Paul. Lizzy und Rose waren an jenem Tag mit an Bord gewesen und wussten, dass hinter diesem Fang weitaus mehr steckte, als Mrs und Mr Baxter sich jemals hätten träumen lassen. Denn bei diesem aufregenden Bootsausflug hatte Rose Lizzys unglaubliches Geheimnis erfahren – und miterlebt, wie Taran, die böse Königin der Meerjungfrauen, wieder und zum bislang letzten Mal versucht hatte, die wertvolle schwarze Perle in ihre Finger zu bekommen.

Der Schreck über diese Begegnung saß den beiden Mädchen noch in den Knochen. Doch Tarans Versuch war fehlgeschlagen, und ihr treuester Diener, ein Riesenaal, war bei seinem Versuch, die *Regard* anzugreifen, im Schleppnetz gelandet. Dieser Aal hatte nun ein neues Zuhause. Und er war der Grund, warum Lizzy und Rose heute hier waren.

Ein breiter, dunkler Korridor führte mit vielen Biegungen durch das Gebäude und auf beiden Seiten waren beleuchtete Aquarien zu sehen. Hinter den dicken Glasscheiben konnte man eine beeindruckende Ansammlung von Meeresbewohnern sehen: farbenprächtige Fische aller Arten und Größen, erstaunlich flink herumhuschende Krabben und Krebse, wunderschöne Korallen und

Seeanemonen. Es gab auch einen großen, zylindrischen Glasbehälter, in dem Seepferdchen im Wasser schwebten oder durch einen Wald schlanker, lebender Seegräser huschten. Mr und Mrs Baxter blieben vor jeder Glasscheibe stehen, um alles genau zu betrachten, doch Rose und Lizzy waren nicht so recht bei der Sache. Sie konnten es kaum erwarten, ein ganz bestimmtes Exemplar zu sehen.

»Mum und Dad sind noch ganz weit hinten«, sagte Rose nach einer Weile, nachdem sie den Kopf gedreht hatte. »Wir sollten besser auf sie warten.«

Sie blieben vor einem Aquarium stehen, in dem ein einzelner, unglaublich hässlicher Fisch zwischen zwei großen Steinen herauslugte. Rose betrachtete ihn zwar, war in Gedanken aber ganz woanders. »Wie hieß der Aal noch gleich?«, fragte sie im Flüsterton.

»Tullor«, flüsterte Lizzy zurück und hätte sich um ein Haar vor Abscheu geschüttelt. Schon bei der Nennung seines Namens stiegen schreckliche Erinnerungen in ihr hoch.

»Ich kann mir nicht vorstellen, dass er wirklich so groß ist, wie er im Meer ausgesehen hat.«

»Oh doch, das ist er«, sagte Lizzy mit Nachdruck. »Du darfst nicht vergessen, dass er der oberste Handlanger von Königin Taran ist – beziehungsweise *war*. Kann sein, dass er ursprünglich ein ganz normaler Aal war, den sie dann mit ihren Zauberkräften verwandelt hat.«

»Du meinst, sie hat ihn größer und intelligenter gemacht oder ... so ähnlich?«

»Das weiß ich nicht genau, es würde mich aber nicht wundern.«

»Hmm.« Rose grinste. »Dann ist sie jetzt sicher stocksauer, dass sie ihn verloren hat.«

Diesmal konnte Lizzy nicht verhindern, dass ihr tatsächlich eine Gänsehaut über den Rücken lief. »Oh, hör auf! An Taran will ich nicht einmal *denken*! Ein Wiedersehen mit Tullor ist schon schlimm genug.«

Rose schaute sie verwundert an. »Wenn du solchen Bammel hast, wieso wolltest du dann unbedingt herkommen?«

»Das weiß ich nicht genau. Ich vermute ...« Lizzy zögerte und zuckte dann mit den Schultern. »Ich vermute, ich will ganz sicher sein, dass er wirklich hier eingesperrt ist und keinen Schaden mehr anrichten kann. Manchmal träume ich nachts noch von ihm und ...« Sie verstummte. »Psst, Mum und Dad kommen.«

Zu viert gingen sie weiter. Mrs Baxter war so entzückt über die Seepferdchen, dass sie noch von ihnen schwärmte, als sie um die nächste Ecke bogen. Plötzlich blieb Lizzy wie angewurzelt stehen.

Vor ihnen hatte sich eine Schar von Menschen vor einer dicken Glaswand versammelt: einem Aquarium, das weitaus größer war als die anderen. Das Innere war nur mit einem dämmerigen Licht erleuchtet, und im hinteren Bereich befand sich ein künstlicher Felsen, der bis an die Decke reichte. Sonst war auf den ersten Blick nichts zu sehen im Dämmerlicht, doch Lizzys Herz setzte einen Schlag lang aus. Da war etwas! Sie konnte es fühlen. Und sie wusste, was es war.

»Aha!« Mr Baxters Stimme riss Lizzy aus ihrer Erstarrung. »Das sieht ja vielversprechend aus.« Er drängte sich zwischen zwei andere Schaulustige und las das Schild neben der Glasscheibe. »Ja, hier muss er drin sein! ›Der größte Riesenaal, der jemals in Cornwall gesichtet wurde‹, steht da.«

Mum trat zu ihm, und sie standen Seite an Seite

unter den Zuschauern und starrten in die Tiefen des Aquariums, um einen Blick auf seinen Bewohner zu werfen. Rose kämpfte sich ebenfalls bis ganz nach vorn durch, während Lizzy weiter hinten stehen blieb. Sie wollte – *musste* – wissen, dass Tullor sicher hinter dieser Glaswand gefangen war. Aber sie fürchtete sich auch irgendwie davor, ihn zu sehen. Und noch schlimmer fand sie den Gedanken, dass er *sie* sah.

»Da ist er!«, rief Mr Baxter plötzlich und deutete auf eine ganz bestimmte Stelle. »Schaut, da ist sein Kopf! Er schaut dort aus der Felsspalte heraus.«

»Oh ja!«, rief Mrs Baxter. »Wow, was für ein riesiges Tier, nicht wahr?« Suchend blickte sie nach hinten. »Komm her, Lizzy. Das musst du gesehen haben!«

Lizzy geriet in Panik. Sie wollte sagen, sie wolle sich nicht vordrängen, doch zu ihrer Bestürzung sah sie, dass die Leute ihr bereitwillig Platz machten. Lizzy blieb nichts anderes übrig, als auf die Glasscheibe zuzugehen, obwohl ihr das Herz bis zum Hals klopfte. Zuerst sah sie nur den Felsen. Doch dann nahm sie aus den Augenwinkeln eine Bewegung wahr, schaute hin und merkte mit Schrecken, dass sie in die kalten, grausam und unheimlich aussehenden Augen eines gewaltigen Riesenaals blickte. Einige Augenblicke lang starrten sie und Tullor sich nur an. Dann aber öffnete der Riesenaal wie in Zeitlupe das Maul und enthüllte mehrere Reihen gekrümmter, messerscharfer Zähne. Es war, als würde er lautlos knurren ... und als gelte dieses Knurren allein ihr. Er hatte Lizzy eindeutig erkannt und das Ausmaß seines Hasses strahlte wie die Hitze eines Feuers bis zu ihr.

Die anderen Besucher schlenderten weiter, während sie noch staunende Kommentare über seine Größe machten, und Dad pfiff anerkennend durch die Zähne. »Wow, was für ein Riesenkerl! Ein richtiges Monster! Wundert mich, dass er den Fischkutter nicht zum Kentern gebracht hat, als er abgeschleppt wurde!«

»Mr Treleaven ist ein hervorragender Fischer«, sagte Rose. Auch sie starrte wie gebannt auf Tullor, die Stirn in Falten gelegt.

»Das muss er auch sein, wenn er einen Riesen wie das Exemplar hier an Land ziehen konnte!«, bemerkte Mr Baxter voller Bewunderung. »Nun, ich kann nur sagen: Das habt ihr gut gemacht, ihr alle!«

Mrs Baxter las das Kleingedruckte auf dem Hinweisschild. »Womit er wohl gefüttert wird?«, fragte sie nachdenklich. »Das steht nicht da.«

»Meiner Meinung nach sieht er aus, als würde er alles fressen«, antwortete Mr Baxter. »Einschließlich Haifische, Wale und sogar Menschen, die beim Schwimmen nicht auf der Hut sind!«

»Bestimmt.« Mrs Baxter schmunzelte. »Er kommt sicher als größter Riesenaal der Welt ins Guinnessbuch der Rekorde.«

Ihre Eltern lachten. Lizzy lachte aber nicht mit. Tullor starrte sie noch immer finster an, und obwohl sich ihre erste Panik gelegt hatte, bereitete ihr dieser kalte, unbewegte Blick Magenschmerzen. Sie zwang sich, ihn nicht länger anzusehen, und sagte möglichst unbekümmert: »So, jetzt haben wir ihn ja gesehen. Sieht nicht so aus, als hätte er die Absicht, aus seinem Versteck herauszukommen. Gehen wir weiter?«

Ihre Eltern stimmten ihr zu. Zu dritt gingen sie ein Stück weiter und wollten gerade um die nächste Ecke biegen, als Lizzy merkte, dass Rose nicht bei ihnen war. Sie drehte sich um und sah, dass ihre Schwester noch vor der Glasscheibe stand und stirnrunzelnd ins Innere starrte, fast so, als wäre sie hoch konzentriert. Und Tullor starrte zurück.

»Komm, Rose!«, rief Lizzy betont locker, um ihr Unbehagen zu überspielen.

Rose reagierte nicht. Mehr noch – sie schien gar nichts gehört zu haben. Sie und Tullor starrten sich noch mehrere Sekunden lang reglos an. Dann erst klappte Tullor sein Maul zu und zog seinen Kopf so weit in die Felsspalte zurück, bis nichts mehr von ihm zu sehen war.

Rose schüttelte den Kopf wie jemand, der gerade aus einem Tagtraum erwacht. Und sie begann plötzlich zu wanken.

»Rose!«, rief Lizzy erschrocken und rannte zu ihr. »Was ist los?«

Bei Lizzys Ruf drehte sich auch Mrs Baxter um und konnte gerade noch sehen, wie Rose sich beide Hände vors Gesicht schlug, während sie rückwärts taumelte und gegen Lizzy stieß.

»Rose, was hast du?« Mr und Mrs Baxter eilten zu ihr und Mrs Baxter konnte Rose in letzter Sekunde noch auffangen.

»Ohh ... mir ist so schwindlig ...«, murmelte Rose.

»Schatz, was ist los?«, fragte Mrs Baxter. »Willst du dich kurz hinsetzen?«

»N-nein ... ist gleich vorbei.« Rose schluckte und schüttelte erneut den Kopf. »Alles okay, wirklich.«

»Liegt wahrscheinlich an dem komischen Licht hier drin«, sagte Mr Baxter. »Und zu warm ist es auch. Am besten, wir bringen Rose an die frische Luft. Ich habe gesehen, dass es oben ein Café gibt, mit einer Terrasse. Etwas trinken kann nie schaden.«

Rose war noch etwas wacklig auf den Beinen, als Mr und Mrs Baxter sie zum nächsten Ausgang führten. Lizzy folgte ihnen besorgt. War Rose wirklich nur wegen der Hitze und des komischen Lichts schwindlig geworden? Diese Erklärung klang zwar ganz plausibel, doch Lizzy hatte ihre Zweifel. Sie konnte sich nicht vorstellen, wie, aber sie hatte das dumpfe Gefühl, dass es etwas mit Tullor zu tun haben könnte.

Im Café erholte sich Rose zum Glück recht schnell, nicht zuletzt dank einiger Haferkekse und eines Bananen-Milchshakes. Sie sagte zu Mrs Baxter, sie solle nicht so einen Wirbel machen, und innerhalb weniger Minuten war sie wieder ganz die Alte – wie immer etwas vorlaut und rechthaberisch. Nein, sagte sie, sie hätte keine Lust mehr, noch einmal ins Aquarium zu gehen; an einem Tag wie diesem mache es mehr Spaß, am Strand zu sein und den Surfern zuzuschauen. Falls ihre Eltern sich auch den Rest der Fische anschauen wollten, dann könnten sie sich ja später wieder treffen.

»Einverstanden«, sagte Mrs Baxter etwas skeptisch. »Ich würde mir tatsächlich gern noch den Rest des Aquariums anschauen. Es gibt einiges, das wir noch nicht gesehen haben. Aber es gefällt mir nicht, dich allein zu lassen, Rose. Was ist, wenn dir noch mal schlecht wird?«

»Ich kann Rose begleiten, Mum«, sagte Lizzy hastig. »Ich möchte auch nicht mehr ins Aquarium gehen. Und ich habe mein Handy dabei. Wenn es ein Problem gibt, rufe ich euch an.«

»Hmm ... na schön. Dann treffen wir uns in einer Stunde wieder, okay?«

Rose trank ihren Milchshake aus, danach verließen sie und Lizzy das Gebäude und gingen die Stufen zum Strand hinunter. Als sie über den Sandstrand ans Wasser gingen, fragte Rose: »Wolltest du dir den Rest wirklich nicht mehr anschauen?«

»Nö, eigentlich nicht«, antwortete Lizzy. »Ich hab dir ja schon gesagt, dass ich nur sehen wollte, dass Tullor keine Gefahr mehr darstellt.«

»Ah ja.« Rose kniff die Augen zusammen und schaute aufs Meer hinaus. Nach einer Weile fügte sie nachdenklich hinzu: »Ich bin froh, dass er noch lebt. Ich weiß, dass er böse ist, aber trotzdem tut er mir irgendwie leid.«

Ungläubig riss Lizzy die Augen auf. »Er tut dir *leid*?«, wiederholte sie.

»Ja, irgendwie schon.« Rose klang, als müsste sie sich verteidigen. »Ich meine, als Diener dieser komischen Königin hatte er sicher kein besonders tolles Leben. Wenn das, was du mir von ihr erzählt hast, stimmt, dann ...«

»Natürlich stimmt es!«

»Okay, okay, das will ich ja nicht bestreiten. Dir tut Tullor also kein bisschen leid?«

»Nein, kein bisschen!«, erklärte Lizzy im Brustton der Überzeugung. »Du kennst ihn nicht von früher. Du hast nicht gesehen, wozu er fähig ist!«

»Kann sein. Aber er hat doch nur getan, was ihm die Königin befohlen hat, oder?«

»Und er hat jeden Augenblick genossen!«

»Woher willst du das wissen?«, widersprach Rose. »Wahrscheinlich hatte er bloß eine Heidenangst vor ihr. Wie alle anderen auch.« Sie zuckte die Schultern. »Ach, komm, reden wir über etwas anderes. Das Thema Tullor ist doch langweilig. Los, machen wir ein Wettrennen! Wer zuerst am Wasser ist, hat gewonnen!«

Ohne auf Lizzys Antwort zu warten, sprintete Rose los. Lizzy stand einen Moment lang da und schaute ihr nach. Sie hatte ein seltsames Gefühl, das sie sich jedoch nicht erklären konnte. Doch dann schob sie ihre quälenden Gedanken beiseite und rannte hinter Rose her über den weichen Sand.

In seiner Felsspalte vor Blicken geschützt, sah Tullor die Besucher des Sealife Centers an seinem Gefängnis vorbeilaufen. Er hasste sie alle, jeden Einzelnen von ihnen. Doch jetzt gab es etwas anderes, worüber er nachdenken musste. Etwas, auf das er sich *konzentrieren* musste. Und in seinem Kopf formulierte er eine Botschaft.

Majestät … es gibt eine … Neuigkeit. Eine sehr gute Neuigkeit. Ich denke, es gibt eine Möglichkeit …, wie ich

Euch helfen kann, das zu bekommen ..., was Ihr haben wollt ...

Er wartete gespannt auf das Kribbeln in seinem Hinterkopf, das ihm sagen würde, dass seine Herrin die telepathische Botschaft empfangen hatte.

Nach einer Weile spürte er es.

2. Kapitel

Sobald die Baxters von ihrem Ausflug ins Aquarium nach Hause kamen, ging Lizzy nach oben in ihr Zimmer. Sie hatte Kes versprochen, ihm so schnell wie möglich Bescheid zu geben, wenn sie gesehen hatte, dass Tullor gefangen und somit ungefährlich war.

Auf ihrem Regal lag eine große, wunderschöne, spiralförmige Muschel. Kes hatte sie ihr geschenkt, nachdem sie zum ersten Mal miteinander unter Wasser geschwommen waren, und jeder andere hätte in dieser Muschel nur einen hübschen Gegenstand gesehen. In Wirklichkeit aber war sie für Lizzy eine sehr spezielle Möglichkeit, mit der Unterwasserwelt in Kontakt zu treten.

Lizzy griff nach der Muschel und hielt sie sich ans Ohr. Zuerst hörte sie nur ein leises, zischendes Rauschen, das wie ein fernes Wogen des Meeres klang. Sie schloss die Augen und konzentrierte sich. Und nach wenigen Momenten mischte sich ein anderes Geräusch unter das Rauschen. Es war eine Art Singen oder Pfeifen aus weiter Ferne, faszinierend und eindringlich. Lizzy lächelte, als sie die Stimmen der Delfine erkannte, die sich in ihren unterseeischen Gefilden miteinander verständigten, und sie flüsterte in die Muschel: *»Arhans, wo bist du? Hörst du mich?«* Arhans war die Anführerin der Delfine und eine gute Freundin von Lizzy. *»Arhans, ich bin's, Lizzy … Bist du da? Ich möchte Kes und Morvyr sehen. Kommst du morgen früh? Zum Leuchtturm …«* Sie konzentrierte sich mit aller Kraft und stellte sich vor, wie sie am Strand stand und die Sonne gerade über den Horizont stieg. Dann stellte sie sich einen Delfin vor, der auf sie zuschwamm. *»Wirst du kommen, Arhans?«*

Das Pfeifen verstummte für einen Moment, schwoll dann wieder an. Lizzy hatte erst vor Kurzem angefangen, die seltsame und fremd klingende

Sprache der Delfine zu erlernen, doch sie spürte, dass Arhans sie gehört und verstanden hatte.

Behutsam legte sie die Muschel an ihren Platz zurück und ging wieder nach unten.

Mrs Baxter stand am Herd und bereitete das Abendessen vor, Rose deckte gerade den Tisch. Lizzy fragte: »Mum, ich muss morgen doch nichts Besonderes machen, oder?«

»Hm, ich weiß nicht«, antwortete ihre Mutter. »Wir sollten allmählich daran denken, die Sachen für euer neues Schuljahr einzukaufen. Wenn wir es immer wieder verschieben, sind die Ferien unversehens zu Ende. Wieso fragst du? Was hattest du vor?«

»Ach, ich wollte nur an den Strand.«

Mrs Baxter lachte. »Was? Schon wieder? Na schön, meinetwegen. Aber bleib nicht den ganzen Tag.«

»Okay, danke, Mum.« Lizzy rannte wieder aus der Küche. Keine Minute später fand Rose Mrs Baxter gegenüber eine Entschuldigung, um Lizzy folgen zu können.

»Triffst du dich morgen mit Kes?«, fragte sie, als sie zu Lizzy ins Wohnzimmer ging.

»Ja«, antwortete Lizzy. »Ich will ihm von Tullor erzählen.«

»Ah, gut.« Nach einer kurzen Pause fügte Rose hinzu: »Kann ich mitkommen?«

Lizzy überlegte kurz und seufzte dann. »Tut mir leid, aber ... ich denke, es ist besser, wenn ich ihn morgen allein treffe.«

Sie verließ das Wohnzimmer und Rose blickte ihr enttäuscht nach. Irgendwie war sie auch sauer. Warum tat Lizzy so geheimnisvoll? Inzwischen wusste sie doch von Kes und Morvyr – sie hatte sie schließlich mit eigenen Augen gesehen! Deshalb wollte sie von nun an bei allem dabei sein. Aber es gab offenbar Dinge, die Lizzy immer noch für sich behalten wollte. Das ist gemein von ihr, dachte Rose. Gemein und unfair.

Da fiel Rose noch etwas auf. Woher wusste Lizzy eigentlich, dass Kes morgen zum Strand kommen würde? Sie konnte ihn ja wohl kaum anrufen oder ihm eine SMS schicken. Er lebte schließlich im Meer. Hatte Lizzy sich schon vor dem Besuch im Sealife Center mit ihm für morgen verabredet oder gab es eine andere, merkwürdigere Erklärung dafür?

Vielleicht diese große Muschel, die Lizzy in ihrem Zimmer liegen hatte ...

Die Muschel war ein ungewöhnlich großes und schönes Exemplar, das Lizzy am Strand gefunden hatte. Das hatte sie zumindest behauptet, aber seit einigen Tagen hatte Rose Zweifel, ob das stimmte. Einmal war sie Lizzy heimlich nach oben gefolgt und hatte gesehen, wie sie sich die Muschel an den Mund gehalten und etwas hineingeflüstert hatte. Es war Rose fast so vorgekommen, als würde Lizzy die Muschel als Telefon benutzen. Vielleicht war sie der Wahrheit damit ganz schön nahe gekommen, überlegte sich Rose nun. Es klang fantastisch und unmöglich, aber konnte es sein, dass Lizzy tatsächlich mithilfe dieser Muschel mit ihren Freunden im Meer kommunizierte? Und wenn dem so war, warum verheimlichte Lizzy es vor ihr?

Auf einmal kräuselte Rose ihre Stirn und rieb sich den Nasenrücken. Nach diesem komischen Schwindelanfall im Aquarium hatte sie Kopfschmerzen bekommen. Diese waren dann zwar wieder verschwunden, aber plötzlich waren sie wieder da, und das machte sie gereizt. Warum war Lizzy so eine Geheimniskrämerin? Sie waren doch die besten Freundinnen und vor Freunden hatte man keine Geheimnisse. Rose fühlte sich ausgeschlossen und abgelehnt und das machte sie wütend. Na gut, wenn Lizzy ihr nicht sagte, was sie wissen wollte, dann würde sie es eben selbst herausfinden ...

Nach dem Abendessen war Lizzy mit dem Tischabräumen und Abspülen an der Reihe, und als sie fertig war, erklärte sie, sie würde jetzt duschen gehen. Rose sah sie nach oben gehen. Sie hatte eine halbe Tablette gegen Kopfschmerzen genommen, doch es hatte nichts genützt, und im Moment kam es ihr so vor, als schwirre es in ihrem Kopf wie in einem Bienenstock. Ständig musste sie an Lizzys Muschel denken. Der Wunsch, mehr darüber zu erfahren, ließ ihr keine Ruhe; er war sogar so stark geworden, dass sie an nichts anderes mehr denken konnte. Und jetzt war ihre Chance gekommen!

Oben im ersten Stock fiel die Badezimmertür ins Schloss. Rose zögerte keine Sekunde und rannte hinauf ins Lizzys Zimmer. Dort machte sie leise die Tür zu, nahm die Muschel in die Hand und drehte sie hin und her. Sie sah eigentlich wie eine ganz normale Muschel aus; man hörte nichts, wenn man sie schüttelte, und sie wies auch keine Muster auf, die ein Code oder etwas Ähnliches hätten sein können. Vorsichtig hielt Rose sie sich ans Ohr und hörte ein Rauschen und Flüstern, das wie sich am Strand überschlagende Wellen klang. Damit hatte Rose gerechnet; sie hatte vor Jahren schon im Unterricht gelernt, dass es sich hierbei um das Echo des Rauschens ihres Blutes handelte. Aber das war schon alles.

Enttäuscht wollte Rose die Muschel gerade wieder weglegen ... als sie plötzlich mitten in der Bewegung innehielt. In ihrem Kopf war noch ein anderes Geräusch; nicht nur das Rauschen, sondern etwas Lieblicheres, in einem ganz anderen Rhythmus. Man hätte es fast für eine Stimme halten können.

Gespannt drückte sich Rose die Muschel wieder ans Ohr und lauschte. Es war tatsächlich eine Stimme, eine Frauenstimme! Wunderschön und mit einem singenden Tonfall. Rose war fasziniert. Es war schwierig zu verstehen, was die Stimme sagte, doch nach einer Weile konnte Rose ein paar Worte ganz deutlich hören.

»Hör mir zu ... hör zu ... hör zu ...« Die Stimme klang wirklich wunderschön.

Mit einem verträumten Blick in den Augen starrte Rose zum Fenster hinaus, ohne etwas zu sehen. Sie war ganz Ohr ...

Am nächsten Morgen schlang Lizzy – sehr zum Verdruss ihrer Mutter – ihr Frühstück viel zu schnell hinunter und rannte dann wieder nach oben, um ihre Strandtasche zu holen. Als sie wieder herunterkam, stand Rose schon wartend im Flur.

»Ich komme auch mit zum Strand«, verkündete sie fröhlich.

»Oh!«, sagte Lizzy überrascht. »Wolltest du dich nicht mit Paul treffen?«

»Erst später. Im Moment ist mir mehr nach einem kleinen Sonnenbad und etwas Schwimmen.« Rose sah Lizzy neugierig an. »Hast du etwas dagegen?«

Natürlich hatte Lizzy etwas dagegen, doch das konnte sie nicht zugeben. Sie war ungewöhnlich still, als sie mit Rose durch die schmalen Gassen den Hügel hinunter bis zur Hauptstraße ging, aber auf einmal sprudelte es aus ihr heraus: »Wundert mich, dass du den Morgen mit deiner kleinen Schwester verbringen willst!«

Rose lachte. »Keine Angst, das tu ich doch gar nicht. Ich sage Kes nur schnell ›Hallo‹, danach kannst du ihn ganz für dich haben. Ich werde sofort wieder verschwinden.«

»Ach so.« Lizzy nickte. »Die Sache ist aber die, dass ... Ich meine, vielleicht treffe ich ihn gar nicht direkt *am* Strand.« Sie machte eine kurze Pause, ehe sie hinzufügte: »Ich möchte nämlich auch Morvyr sehen. Und das bedeutet ... na ja, sie kommt nicht gern in Küstennähe.«

»Oh«, sagte Rose, die sofort begriffen hatte. »Du meinst, du schwimmst raus, um sie zu treffen?«

Ein weiteres Nicken. Inzwischen waren die beiden Mädchen an der Hauptstraße angekommen, ließen den Hafen seitlich liegen und gingen zum öffentlichen Strand. Nach ein oder zwei Minuten sagte Rose unbekümmert: »Okay, macht nichts. Aber ist es nicht gefährlich für dich, weit rauszuschwimmen? Diese Meerjungfrau – Taran oder wie sie noch gleich hieß ... Hast du nicht gesagt, sie sei gefährlich und du müsstest vor ihr auf der Hut sein?«

»Arhans wird bei mir sein«, erklärte ihr Lizzy. »Sie passt auf mich auf.«

»Gut, wie du meinst. Und wo willst du Kes und Morvyr treffen?«

Rose tat sehr unbekümmert, doch Lizzy spürte etwas in ihrer Stimme mitschwingen. Rose interessierte sich eine Spur zu sehr dafür, wohin sie gehen würde. Doch aus unerfindlichen Gründen wollte Lizzy es ihr nicht sagen.

»Ähm, weiß ich noch nicht«, sagte sie und versuchte, ebenfalls beiläufig zu klingen. »Arhans wird mich zu ihnen bringen.«

»Ach was, du weißt doch sicher, wohin, oder?«

»Nein, weiß ich nicht!« Lizzy warf einen Seitenblick auf ihre Schwester und rang sich ein Lächeln ab. »Tut mir leid.«

Rose glaubte ihr allem Anschein nach nicht, stellte aber auch keine Fragen mehr, bis sie am Strand waren, wo die Rettungsschwimmer gerade alles für den neuen Tag vorbereiteten, obwohl noch kaum Badegäste da waren. Außer einigen einheimischen Surfern, die in ihren dunklen Neoprenanzügen wie Seehunde aussahen, war noch niemand auf oder im Wasser.

Rose blieb im Sand stehen, stützte die Hände in die Hüften und starrte aufs Meer hinaus. »Ich kann deine Delfinfreundin nirgends sehen«, sagte sie.

»Klar, sie zeigt sich nicht gern. Wahrscheinlich wartet sie irgendwo dort drüben auf mich.« Lizzy deutete ans Ende des Strandes, wo eine eher flache Landzunge ins Meer ragte. Dort stand ein kleiner automatischer Leuchtturm, dessen Weiß in der frühen Morgensonne glänzte. Zielgerichtet ging Lizzy auf die wild durcheinanderliegenden Felsbrocken am Fuß der steinigen Landzunge zu. Sie hatte gehofft, Rose würde ihr nicht folgen, doch sie wurde enttäuscht.

»Du wirst Kes und Morvyr also von Tullor erzählen?«, wollte Rose wissen, als sie hinter Lizzy vorsichtig über die Steine kletterte. »Meinst du, sie haben auch Neuigkeiten für dich?«

»Was für Neuigkeiten?«

»Weiß nicht. Über Königin Taran vielleicht ... Was sie jetzt vorhat. Sie haben bestimmt etwas erfahren.« Lizzy schwieg und nach einigen Sekunden machte Rose einen neuen Versuch. »Könnte Kes nicht vielleicht an Land kommen, damit ich es auch hören kann?«

Lizzy schüttelte den Kopf. »Nein, es ist schon abgemacht.«

Rose seufzte. »Irgendwie scheine ich ständig außen vor zu bleiben! Ich wünschte, John Carrick wäre heute nicht mit Paul und seinem Dad auf dessen Trawler zum Fischen gegangen. Ich gehe jede Wette ein, dass er mich mit dem Segelboot rausfahren würde, damit ich Morvyr sehen kann, wenn ich ihn darum bitten würde.«

»Kann sein«, sagte Lizzy. »Weiß ich nicht.«

»Aber ich!«, behauptete Rose. »Und sobald er wieder da ist, werde ich – *autsch*!« Sie blieb stehen, bückte sich und umklammerte die Zehe, die sie sich angestoßen hatte. »Warum müssen Muscheln so scharfkantig sein! Und warum sind alle Steine hier damit bewachsen?«

Das Drama um Roses Zehe ersparte es Lizzy, sich weiter zu dem Treffen mit Morvyr äußern zu müssen, und sie kletterte weiter auf die Landspitze. Oben angekommen, blickte sie sich um. Zuerst sah sie nur die Brandung, die an die Felsen donnerte, und das langsame Anschwellen und Abfallen der Wellen. Doch dann sah sie ganz in der Nähe eine gekrümmte Rückenflosse aus dem Wasser schießen und ein Delfin tauchte auf. Lizzy erkannte Arhans sofort an dem silbernen Streifen, der sich längs über ihren Rücken zog. Nach einem Begrüßungspfiff kam Arhans auf Lizzy zugeschwommen.

Bis Rose sich wegen ihrer Zehe beruhigt hatte und ebenfalls oben angekommen war, schlüpfte Lizzy bereits in ihren Neoprenanzug.

»Da ist sie ja!« Rose begann zu strahlen. »Ist sie nicht wunderschön? Arhans! Hallo, Arhans! Erinnerst du dich an mich?« Rose streckte eine Hand aus und schnippte mit den Fingern, als wollte sie einen Hund anlocken.

»Sie ist kein dressiertes Hündchen!«, sagte Lizzy schroff. »Klar erinnert sie sich an dich.«

»Schon gut, ich habe doch nur gesagt – ach, vergiss es!« Roses Lächeln erlosch, und sie beobachtete mit verkniffenem Gesicht, wie Lizzy den Reißverschluss ihres Neoprenanzugs zuzog und ihre anderen Sachen in ihre Strandtasche stopfte. Rose war wütend und ihr Kopf begann erneut zu dröhnen. Es waren aber keine Kopfschmerzen, sondern es war ein seltsamer Druck, der sie irritierte, und deshalb sagte sie schnippisch: »Hör mal, was ist nur mit dir los, Lizzy? Du hast versprochen, mir alles zu erzählen, aber auf einmal tust du wieder so geheimnisvoll, als wolltest du um jeden Preis verhindern, dass ich Kes und Morvyr sehe. Ich dachte, du vertraust mir!«

Lizzy hatte Rose tatsächlich versprochen, ihr alles zu erzählen – aber es gab einen wichtigen Punkt, den sie ihr noch *nicht* erzählt hatte, und dabei wusste sie nicht einmal genau, warum. Theoretisch wäre es gar nicht schlimm gewesen. Ihr Instinkt sagte ihr aber, dass es zumindest vorläufig besser war, wenn Rose es nicht wusste.

Sie fühlte den Blick ihrer großen Schwester auf sich ruhen und bekam ein schlechtes Gewissen. Rose sah so traurig, einsam und verlassen aus. Es konnte doch nicht schlimm sein, wenn sie ihre Frage beantwortete, oder? Aber ihre innere Stimme riet ihr nach wie vor davon ab, und Lizzy wusste, dass sie auf diese Stimme hören sollte.

Deshalb seufzte sie nur und sagte: »Tut mir leid, Rose, wirklich. Ich vertraue dir natürlich, aber es gibt einen Grund, warum ich mit Kes und Morvyr allein sein muss. Ich kann dir noch nichts davon erzählen. Aber bald. Ich sage es dir, sobald ich kann, aber nicht heute.«

Rose stieß einen Seufzer der Verzweiflung aus. »Na schön, wie du willst!«, entgegnete sie. »Geh und nimm deine Geheimnisse mit! Aber sobald du es mir erzählen *kannst*, musst du es auch tun, versprochen?«

»Gut.« Lizzy lächelte etwas bedrückt. »Danke, Rose.«

»Du brauchst mir nicht zu danken.« Rose bückte sich, um sich wieder um ihre pochende Zehe zu kümmern, und die Haare fielen ihr ins Gesicht. »Aber erwarte nicht von mir, dass ich deine Strandtasche den ganzen Morgen mit mir herumschleppe, denn das habe ich *nicht* vor!«

Als keine Antwort kam, hob Rose fragend den Kopf. Doch Lizzy stand gar nicht mehr auf dem Felsen. Rose hatte kein Platschen gehört, aber ihre kleine Schwester musste innerhalb dieser wenigen Sekunden ins Wasser gesprungen und verschwunden sein.

Rose starrte auf die Wellen, die an den Fuß der Felsen schwappten, und suchte dann ein Stück weiter weg das Wasser ab. Von Lizzy war weit und breit nichts mehr zu sehen und auch die Delfinflosse war verschwunden. Rose war ganz allein.

Sie biss sich auf die Lippen und wusste nicht, ob sie wütend, enttäuscht oder einfach nur traurig war. Seufzend verstaute sie Lizzys Tasche an einer Stelle, wo sie vor der Flut geschützt war, und tastete sich dann vorsichtig über die Steine zurück in den Sand.

3. Kapitel

Lizzys erster Atemzug unter Wasser war jedes Mal eine Nervenprobe. Sie konnte es noch kaum glauben, dass sie wirklich unter Wasser atmen konnte, und immer wenn sie das erste Mal den Mund öffnete und das Meerwasser hineinströmen ließ, hatte sie einen Moment lang schreckliche Angst. Doch wenn dann die ersten Luftbläschen an ihrem Gesicht vorbei nach oben stiegen, atmete Lizzy ein zweites Mal ein, und alles war gut.

Sie war noch an einer eher flachen Stelle, wo das Wasser herrlich türkisblau war, weil die Sonne nur etwa einen Meter über ihr auf die Oberfläche schien. Arhans erwartete sie ein Stück weiter vorne; ihr Pfeifen drang gespenstisch durch die Strömung, dann wendete sie und schwamm vor Lizzy her in tieferes Gewässer. Lizzy schwamm ihr nach, schnell und mühelos, und ganz allmählich veränderten sich die Farben um sie herum von Saphirblau zu einem geheimnisvollen Grünblau, als sie die Küste hinter sich ließen und in die nahe Bucht schwammen.

Im Wasser wimmelte es vor Leben. Überall waren Fische, deren Schuppen wie winzige Diamanten funkelten. Ein großer Krebs huschte unter Lizzy über den sandigen Meeresboden, was komisch aussah, weil er sich so unbeholfen seitwärts bewegte. Ein silbriger Makrelenschwarm kreuzte ihren Weg. Arhans konnte der Versuchung nicht widerstehen und schnappte nach ihnen, doch die Fische stoben blitzschnell auseinander und flitzten davon. Je weiter sie schwammen, desto kälter wurde das Wasser, wie Lizzy trotz ihres Neoprenanzugs feststellte, und das Zischen und Donnern der Wellen, die sich an der Küste brachen, wurde zunehmend leiser, während das gedämpfte Grollen der Tiefseeströmungen anschwoll. In der Ferne konnte Lizzy das weiße Kielwasser eines großen Motorboots sehen und das rasselnde Tuckern des Außenbordmotors hören. Es war vermutlich eines der Ausflugsboote, mit denen Urlauber auf Besichtigungstouren gingen, um Seehunde und Delfine zu sehen, und Lizzy schmunzelte bei dem Gedanken, was die Menschen an Bord wohl denken würden, wenn sie wüssten, dass fast direkt unter ihnen ein Mädchen schwamm, das halb Mensch, halb Meerjungfrau war.

Sie schwammen weiter und weiter, und Arhans tauchte hin und wieder auf, um Luft zu holen, achtete aber darauf, dass die Bootsausflügler sie nicht sahen. Irgendwann näherte sich ihnen ein zweiter Delfin. Pfiffe wurden ausgetauscht, dann drehten die beiden Delfine ab und lotsten Lizzy nun entlang der Küste.

Lizzy wusste sofort, wohin sie unterwegs waren. Es gab einen kleinen, sandigen Meeresarm, ein kurzes Stück Weg an der Küste entlang, den man erst sah, wenn man sich direkt davor befand. Dort lebten Kes und Morvyr zurzeit, um besser vor Eindringlingen oder Feinden geschützt zu sein als in ihrer Grotte am Meeresboden. Als sie sich den Felsen näherten, die den Eingang zu diesem Meeresarm bildeten, geriet das Wasser vor ihnen in Bewegung, und eine Jungenstimme rief Lizzys Namen.

»Kes!« Sie winkte ihm zu und schon kam ihr Bruder zu ihr geschwommen. Dass sie Zwillinge waren, sah man nur an ihren strahlend blauen Augen. Lizzy hatte dieselben goldblonden Locken wie Morvyr, während Kes die dunklen Haare ihres menschlichen Vaters, Jack Carrick, geerbt hatte. Und hier, unter Wasser, gab es noch einen großen Unterschied zwischen den beiden: Lizzy hatte zwei Beine, Kes dagegen einen grünblau glänzenden Fischschwanz.

Bei ihr angekommen, holte er mit einem Flossenschlag Schwung, schlug einen Purzelbaum und bremste dann inmitten vieler Blasen ab. Lizzy grinste zwar, verspürte aber auch einen Anflug von Neid. Weil sie an Land aufgewachsen war und bis neulich nichts von ihrem Unterwassererbe gewusst hatte, hatte sie auch nie gelernt, sich von einem Mädchen in eine Meerjungfrau zu verwandeln und umgekehrt. Kes dagegen konnte sich allein durch Willenskraft von einem Jungen in einen Meerjungen verwandeln, und obwohl Lizzy es schon mehrmals versucht hatte, passierte in ihrem Fall rein gar nichts. Wenn es wirklich nur eine Sache des Willens war, wie Kes behauptete, dann war Lizzys Willenskraft offenbar nicht stark genug.

Sie verdrängte diesen Gedanken, als Kes sagte: »Arhans hat uns gesagt, dass du kommen würdest. Mutter wartet in der kleinen Bucht. Warst du inzwischen im Aquarium?«

»Ja«, sagte Lizzy. »Tullor ist dort sicher untergebracht. Er ist in einem Aquarium mit dickem Glas, aus dem er garantiert nicht entkommen kann.«

Arhans gab ein erfreut klingendes Schnattern von sich und Kes atmete erleichtert aus. »Freut mich zu hören. Und Mutter bestimmt auch. Kommt, gehen wir zu ihr! Sie kann es kaum erwarten, dich wiederzusehen, Lizzy!«

Von den beiden Delfinen flankiert, schwammen die Zwillinge auf die Klippen zu. Von dem Meeresarm war zuerst nichts zu sehen, doch dann führte Kes das Grüppchen zielsicher auf eine schmale Öffnung zwischen zwei Felsen zu, hinter denen der Meeresarm lag.

Morvyr saß wartend auf einem Felsen und ihre langen, goldenen Haare fielen bis weit über ihre Schultern. Als sie Lizzy sah, strahlte sie über das ganze Gesicht. Sie drückte ihre Tochter an sich. »Lizzy! Oh, wie schön, dich endlich wiederzusehen!« Lizzy erwiderte die Umarmung, als ihre Mutter schon aufgeregt weiterfragte: »Und dein Vater – wie geht es *ihm*?«

»Er ist mit Mr Treleaven zum Fischen gefahren«, wusste Lizzy zu berichten. »Ich habe seitdem nichts mehr von ihm gehört, doch er dürfte in ein, zwei Tagen wieder zurück sein.« Sie kletterte auf den Felsen und setzte sich neben Morvyr. Kes setzte sich ebenfalls zu ihnen. »Wie läuft es bei euch? Habt ihr etwas Neues erfahren?« »Nein«, sagte Morvyr. »Hier ist alles in Ordnung.«

»So weit ...«, ergänzte Kes.

Lizzy drehte ihm den Kopf zu und schaute ihn neugierig an. »So weit? Was soll das heißen? Was stimmt nicht?«

Kes zögerte und kaute auf seiner Unterlippe herum. Dann sagte er: »Das ist es ja: Alles scheint bestens. Und genau das gefällt mir nicht. Es ist irgendwie *zu* ruhig.«

Auf Lizzys fragenden Blick hin fuhr er fort: »Mutter und ich sind sehr vorsichtig, für den Fall, dass Taran vorhat, uns wieder zu entführen, damit

Vater ihr die schwarze Perle gibt. Deshalb halten die Delfine auch immer Wache und wir schwimmen ohne sie nirgendwo hin. Sie beschützen uns. Aber es sieht so aus, als gäbe es nichts, vor dem sie uns beschützen müssten. Seit Tullors Gefangennahme haben wir nichts von Taran gehört und ihre Diener lassen sich auch nicht blicken. Alles ist total ruhig.«

Lizzy begann zu begreifen, was Kes meinte. »Und du traust dem Frieden nicht, ist es das?«, fragte sie.

»Genau. Ich habe das dumpfe Gefühl, dass Taran einen neuen Plan ausheckt. Das Problem ist nur, dass ich nicht die leiseste Ahnung habe, was es sein könnte.«

Lizzy blickte fragend zu Morvyr, die zustimmend nickte. »Kes hat recht und die Delfine finden das auch.« Sie machte ein nachdenkliches Gesicht. »Es kommt mir fast so vor, als gebe sich Taran geschlagen, aber darauf falle ich nicht herein. Dafür kenne ich sie zu gut. Sie will die schwarze Perle haben und wird alles tun, um sie in die Finger zu bekommen. Wirklich alles!«

»Du meinst also, sie schmiedet gerade einen neuen Plan und lässt euch deshalb in Ruhe?«

»Ja. Aber wie Kes schon sagte, wissen wir nicht, was das sein könnte.«

»Na, zumindest muss sie jetzt auf Tullors Hilfe verzichten«, sagte Lizzy und versuchte, möglichst zuversichtlich zu klingen. »Ich war gestern im Sealife Center und habe ihn gesehen. Er ist in einem Aquarium aus extradickem Glas, aus dem er nicht ausbrechen kann. Und er war ihr treuester Diener, stimmt's?«

»Natürlich!«, rief Kes. »Daran habe ich noch nicht gedacht. Tullor hat all ihre schmutzigen Jobs gemacht, damit *sie* sich die Hände nicht schmutzig machen musste. Dank ihrer magischen Kräfte hat sie ihm besondere Fähigkeiten verliehen. Vielleicht verhält sie sich deshalb so ruhig – sie hat sich in allem auf ihn verlassen und ist ohne ihn nun hilflos!«

»Kann sein«, sagte Morvyr nachdenklich. »Mit Sicherheit ist keiner ihrer anderen Diener auch nur halb so gefährlich wie Tullor. Aber es könnte noch einen weiteren Grund geben und das macht mir Sorgen.« Die Zwillinge schauten sie gespannt an und sie senkte ihre Stimme und flüsterte: »Karwynna.«

Lizzy und Kes verstanden, worauf sie anspielte. Das war die Sache, die Lizzy Rose nicht erzählt hatte, das Geheimnis, das nur ihre Familie und die Delfine kannten. Karwynna war die Tochter von Kara, der früheren Königin des Meervolks, und folglich die rechtmäßige Anwärterin auf ihre Krone. Doch seit Taran Kara getötet und den Thron an sich gerissen hatte, war Karwynna verschwunden, und das Meervolk glaubte seit vielen Jahren, sie sei bei Tarans Überfall ebenfalls ums Leben gekommen. Doch als Morvyr als Geisel bei Taran gewesen war, hatte sie mit angehört, wie Taran sich mit Tullor über Karwynna unterhalten hatte. Auf diese Weise hatte sie erfahren, dass Karwynna noch lebte. Taran hielt sie gefangen, doch wo, hatte Morvyr leider nicht gehört. Und das konnte gefährlich sein.

Morvyr sprach aus, was sie alle dachten. »Wenn Taran uns nicht benutzen kann, um an die schwarze Perle zu kommen«, sagte sie, »dann wird sie vielleicht versuchen, Karwynna zu benutzen.«

»Du meinst, Taran würde Karwynna freilassen, wenn sie dafür die schwarze Perle bekäme?« Lizzy wurde ganz blass. »Oh nein, was machen wir *dann*?«

»Karwynna ist unsere rechtmäßige Königin.« Hilflos breitete Morvyr die Arme aus. »Was können wir anderes tun, als Taran die Perle geben, wenn wir damit Karwynnas Leben retten können?«

»Mutter, würden wir ihr damit wirklich das Leben retten?«, fragte Kes eindringlich. »Sobald Taran die schwarze Perle hat, ist ihre Krone vollständig, und ihre Macht kennt keine Grenzen mehr. Vielleicht hält sie sich dann gar nicht an ihr Versprechen und wir könnten nichts daran ändern!«

Wieder herrschte betroffenes Schweigen, während sie sich Kes' Worte durch den Kopf gehen ließen. Es war Morvyr, die als Erste etwas sagte.

»Kes, mein Sohn, ich fürchte, was du gesagt hast, ist richtig. Taran würde Karwynna nicht freilassen. Warum sollte sie? Denn mit der schwarzen Perle hätte sie alles, was sie sich je gewünscht hat.«

»Dann müssen wir auf jeden Fall verhindern, dass sie die schwarze Perle bekommt, egal, was auch passiert!«, sagte Lizzy bestimmt.

»Du hast recht, Lizzy. Deshalb müssen wir warten, bis euer Vater zurück ist. Dann treffen wir uns wieder und überlegen, was wir tun können.«

Arhans stieß einen leisen zustimmenden Pfiff

aus, und Lizzy fragte unsicher: »Aber was können wir tun?«

»Ich weiß es nicht.« Morvyr schauderte. »Aber es muss einen Weg geben, sie zu überlisten. Wir dürfen sie nicht gewinnen lassen. Auf gar keinen Fall!«

Sie unterhielten sich noch eine Weile, bis Lizzy sagte, sie müsse allmählich an Land zurück, für den Fall, dass jemand sie vermisste. Und sie versprach Morvyr, dass sie mit Jack reden würde, sobald die *Regard*, Mr Treleavens Trawler, zurück war, um ein Familientreffen zu vereinbaren.

Arhans erklärte sich bereit, Lizzy an Land zurück zu begleiten, und deshalb ließ Morvyr auch Kes mitschwimmen. Auf dem Rückweg zum Strand dachte Lizzy über Taran nach und darüber, was sie eventuell planen könnte. Und plötzlich fiel ihr etwas ein.

»Kes …« Sie verstummte, hörte auf zu schwimmen und trat auf der Stelle. »Ich habe es vorhin vergessen zu erwähnen – aber gestern im Aquarium ist etwas Komisches passiert.«

»Was?«, fragte Kes.

Sie erzählte ihm, dass Rose vor Tullors Glasscheibe einen Schwindelanfall gehabt hatte. »Mum und Dad dachten, es läge an der komischen Beleuchtung, weil keine frische Luft da war und so weiter. Aber ... nun ja, eigentlich sieht Rose so etwas gar nicht ähnlich.«

Kes dachte angestrengt nach, während Arhans langsam ihre Kreise um die beiden Geschwister zog. Dann sagte er: »Meiner Meinung nach hat es nichts zu bedeuten. Deine Eltern hatten sicher recht: schummeriges Licht, das Eingeschlossensein ...« Er schauderte. »Ich würde es hassen! Es muss wirklich schrecklich sein, und es wundert mich nicht, dass Rose schlecht wurde.«

»Dann glaubst du nicht, dass es etwas mit Tullor zu tun hatte?«

Er schüttelte den Kopf. »Nein, wie auch?«

Lizzy war erleichtert. Sie hatte selbst nicht wirklich gedacht, dass daran etwas verdächtig war. Aber trotzdem war es beruhigend zu wissen, dass Kes derselben Meinung war.

Schon bald war in der Ferne der Strand zu sehen. Kes wollte nicht zu nah an Land kommen, damit niemand ihn in seiner Meerjungengestalt sah, und deshalb verabschiedete er sich von Lizzy und schwamm mit Arhans zur kleinen Bucht zurück. Lizzy suchte sich eine ruhige Stelle aus, um aus dem Meer zu kommen – sie wollte nicht von den Rettungsschwimmern gesehen werden –, und war froh, dass Rose nicht in der Nähe war. Sie entdeckte ihre Strandtasche auf einem Felsen, wo sie bei Flut vor dem Nasswerden geschützt war, und tauschte ihren Neoprenanzug gegen Shorts und T-Shirt, ehe sie langsam nach Hause ging.

Über den Zwischenfall im Sealife Center machte sie sich keine Sorgen. Dass Rose schwindelig geworden war, hatte sicher nichts zu bedeuten. Es war etwas ganz anderes, was Lizzy zu schaffen machte: dass Rose auf einmal noch mehr Fragen stellte als sonst. Es ging zwar meistens um banale Dinge, wie zum Beispiel heute, als Rose nachgebohrt hatte, wo genau Lizzy sich mit Kes und Morvyr treffen wollte. Das war Lizzy komisch vorgekommen.

Oder bildete sie es sich nur ein? Lizzy wusste es nicht. Aber es kam ihr irgendwie suspekt vor, und sie beschloss, in Zukunft mehr darauf zu achten, was Rose sagte oder tat. Für alle Fälle ...

4. Kapitel

Bald schon hatte Lizzy keinen Zweifel mehr: Roses plötzliches Interesse ging weit über das normale Maß hinaus. Okay, es war verständlich, dass sie wissen wollte, was es Neues gab, aber inzwischen übertrieb sie es wirklich. Sie stellte *pausenlos* Fragen. Und sie war auch nicht mehr eingeschnappt oder verärgert, wenn Lizzy ihr die Antwort verweigerte. Sie ließ das Thema lediglich für eine Weile fallen und kam dann in leicht abgewandelter Form erneut darauf zu sprechen. Sie war wirklich erstaunlich hartnäckig.

Als die *Regard* zwei Tage später noch nicht zurück war, wurde Lizzy allmählich ungeduldig. Sie musste dringend mit Jack reden und ihn um Rat bitten. Kes hatte zwar gesagt, sie brauchte sich wegen Rose keine Sorgen zu machen, doch Lizzy kannte ihre Schwester gut genug, um zu wissen, dass hinter Roses Fragerei mehr steckte, als es den Anschein hatte.

Auf einmal kam Rose ohne ersichtlichen Grund auf die Scilly-Inseln zu sprechen.

»Ich würde total gern mal dorthin fahren«, sagte sie, als die Familie am Abend zusammensaß. »Soll echt cool dort sein. Es gibt dort über hundertvierzig kleine Inseln, aber nur fünf davon sind bewohnt. Man kann entweder mit dem Hubschrauber oder mit der Fähre hinfahren.«

»Du würdest doch nur seekrank werden«, sagte Mrs Baxter. »Außerdem sehen diese Inseln sicher nicht viel anders aus als der Rest von Cornwall. Sie sind schließlich nur etwa fünfundvierzig Kilometer von Land's End entfernt. Woher kommt überhaupt dein plötzliches Interesse?«

»Och«, entgegnete Rose achselzuckend, »ich hab nur neulich was über sie gelesen. Das ist alles.«

Lizzy sagte nichts dazu. Doch ihr fiel auf, dass Rose diese Inselgruppe im Laufe des Abends noch mehrmals erwähnte. Und da war noch etwas. Jemand hatte ihre Muschel angefasst. Das hatte Lizzy gemerkt, als sie ihr Zimmer sauber machen wollte. Zum Saubermachen gehörte auch Abstauben – eine Aufgabe, die Lizzy normalerweise lange hinausschob, weil es schließlich viel interessantere Dinge zu tun gab, sodass sie es gern »vergaß«. Folglich hatte sich auf ihren Regalen eine dünne Staubschicht angesammelt, ehe ihr schlechtes Gewissen sie endlich dazu trieb, Staub zu wischen. Deshalb waren die verräterischen, staubfreien Stellen nicht zu übersehen, die zeigten, dass jemand die Muschel in die Hand genommen und einige Zentimeter daneben wieder hingelegt hatte.

Ihre Mutter hätte die Muschel nur angefasst, wenn sie sie selbst abgestaubt hätte. Aber dann hätte Lizzy einen Rüge zu hören bekommen. Also konnte es nur Rose gewesen sein. Aber warum? Lizzy hatte ihr nie erzählt, dass sie mit dieser Muschel mit der Unterwasserwelt in Kontakt treten konnte. Warum also hatte Rose sie in die Hand genommen? Das war höchst rätselhaft.

Lizzy grübelte immer noch darüber nach, als Mr Baxter am nächsten Morgen beim Frühstück anfing zu klagen, er brauche dringend ein bisschen Erholung.

»Armer, alter Dad«, sagte Rose und grinste. »Die viele Schreibarbeit für das neue College-Jahr strengt dich ganz schön an, oder? Jetzt kannst du vielleicht nachvollziehen, wie es uns in der Schule geht. Stimmt's, Lizzy?«

»Hä?« Lizzy hatte nur mit halbem Ohr zugehört.

»Aufwachen, Schlafmütze! Dad hat gerade gesagt, ihm hänge die viele Arbeit zum Hals heraus, und da habe ich gesagt ...«

Mum ließ sie nicht ausreden. »Nun, ich wüsste nicht, warum sich euer Vater nicht mal etwas Abwechslung gönnen sollte. Beziehungsweise wir alle. Wir haben noch genügend Zeit, bis euer neues Schuljahr anfängt, und ich könnte mir vielleicht auch ein paar Tage freinehmen.« Fragend blickte sie auf ihren Mann. »Was meinst du? Sollen wir einen Last-Minute-Urlaub buchen?«

Lizzy wollte erschrocken protestieren, doch noch ehe sie etwas sagen konnte, rief Rose aufgeregt: »Hey, das wäre cool! Ich weiß auch schon, was das ideale Ziel wäre: die Scilly-Inseln!«

Lizzy bekam vor Schreck den Mund nicht mehr zu. Auch Mrs und Mr Baxters Begeisterung hielt sich in Grenzen, doch da fuhr Rose mit leuchtenden Augen fort: »Es ist der ideale Ort, weil er erstens nicht weit weg ist und wir keinen Stress mit ausländischen Währungen oder Pässen hätten; wir brauchen nur ein paar Sachen einzupacken und die Fähre zu nehmen! Oh, bitte, lasst uns dorthin fahren!«

»Moment mal, Moment mal!«, sagte Mr Baxter. »Wir wissen ja noch gar nicht, ob wir *überhaupt* wegfahren wollen!«

»Aber du hast doch gerade gesagt ...«

»Ich weiß und es wäre wirklich toll. Aber sollten wir nicht besser an einen etwas aufregenderen Ort fahren? Eine Städtetour zum Beispiel: Paris oder –«

Rose schüttelte den Kopf. »Wer will schon im August nach Paris fahren? Viel zu heiß! Mir wäre ein Ort am Meer lieber.«

»Aber wir wohnen doch in einem Ort am Meer«, gab Mrs Baxter zu bedenken. »Auf den Scilly-Inseln ist es kein bisschen anders als hier. Und viel zu sehen gibt es dort auch nicht; es gibt weder eine größere Stadt noch Geschäfte.«

»Ist mir egal«, verkündete Rose. »Ich bin auf jeden Fall für Scilly!«

Mrs Baxter schaute ihren Mann an, der mit den Schultern zuckte. »Wenn Rose unbedingt will, warum eigentlich nicht?«, sagte er und schmunzelte. »Solange ich dort nichts arbeiten muss, fahre ich gern hin.«

»Es ist allerdings noch Hochsaison«, sagte Mrs Baxter. »Wir wissen gar nicht, ob wir so kurzfristig eine Unterkunft finden.«

Doch davon ließ sich Rose nicht beirren. »Wir finden bestimmt etwas! Hört mal, ich hab ein paar Prospekte in meinem Zimmer! Ich hole sie schnell, dann können wir im Internet checken, was noch zu haben ist.«

Ohne auf eine Antwort zu warten, rannte Rose aus dem Zimmer, und die anderen hörten sie polternd nach oben rennen.

Mr Baxter zog die Augenbrauen hoch. »So begeistert habe ich unsere Rose ja noch nie gesehen!«

»Nun, wenn ihr zwei euch einig seid, dann bin ich auch verstanden«, sagte Mrs Baxter. »Allerdings haben wir Lizzy noch nicht gefragt.« Sie schaute sie an. »Also, Lizzy: Hast du auch Lust, für ein paar Tage auf die Scilly-Inseln zu fahren?«

Lizzys Puls raste. Rose führte etwas Bestimmtes im Schilde – darauf hätte sie ihren Kopf gewettet. Und es musste etwas mit diesen Inseln zu tun haben.

»Ja«, sagte sie. »Gern.«

Erstaunlicherweise war bis zum Mittagessen alles unter Dach und Fach. Rose brachte einen Stapel Broschüren an, die sie beim örtlichen Verkehrsverein geholt haben musste, und nach einer kurzen Suche im Internet und einigen Telefonaten hatten sie ein Häuschen mit Selbstverpflegung gefunden, für das in letzter Sekunde eine Absage eingegangen war. Mit einem weiteren Anruf buchten sie vier Plätze auf der Fähre nach St. Mary's für kommenden Donnerstag und die Sache war gebongt.

Das Häuschen stand auf St. Agnes, der kleinsten der fünf bewohnten Inseln. Rose studierte eine Landkarte auf einer ihrer Broschüren und erklärte, dass es dort viele Sandstrände und eine separate kleine Insel gab, die man bei Ebbe über einen

Damm zu Fuß erreichen konnte. »Es ist total ruhig dort«, sagte sie schwärmerisch. »Perfekt!«

Eine kleine ruhige Insel als »perfekt« zu bezeichnen, sah Rose so wenig ähnlich, dass sich Lizzys Verdacht verstärkte. *Perfekt für was?*, dachte sie sich. Was hatte Rose vor? Ach, wenn Jack doch nur schon zurück wäre! Sie hätte sich so gern mit ihm darüber unterhalten.

Mitten am Nachmittag läutete Lizzys Handy, und als sie aufs Display schaute und sah, wer sie anrief, machte ihr Herz einen Sprung.

»Jack!« Lizzy war sehr froh, ihn zu hören. »Wo bist du?«

»Wir laufen gerade ein«, sagte Jack. »Wie geht es dir?«

»Gut – na ja, abgesehen von –« Doch sie konnte es ihm leider nicht am Telefon erklären, wenn ihre Familie eventuell mithörte. »Können wir uns vielleicht am Hafen treffen?«, fragte sie.

»Klar, kein Problem. Gib uns noch eine Stunde, um unseren Fang auszuladen und das Boot aufzuräumen, dann bin ich frei.«

»Super!«

»Würde mich nicht überraschen, wenn Kes auch

käme.« Jack lachte. »Arhans hat uns bis in den Hafen begleitet, und ich denke, sie hat ihm inzwischen erzählt, dass ich zurück bin.«

»Das wäre noch besser! Okay, dann bis nachher.«

Lizzy hielt es nicht aus, eine ganze Stunde lang zu warten, und deshalb ging sie viel zu früh zum Hafen. Sie war so sehr in ihre Überlegungen vertieft, was sie Jack sagen sollte und wie, dass sie schon mehrere hundert Meter den Hügel hinuntergegangen war, bis sie merkte, dass sie ihr Portemonnaie zu Hause vergessen hatte. Dabei wollte sie auf dem Rückweg noch etwas einkaufen ... Na ja, sie hatte ja noch Zeit genug, bis Jack den Fischtrawler vertäut haben würde. Wenn sie jetzt noch mal nach Hause ging, käme sie immer noch rechtzeitig zum Hafen.

Sie eilte wieder den Hügel hinauf und schloss die Haustür auf. Mr und Mrs Baxter waren beide unterwegs, doch als Lizzy die Haustür zumachte, hörte sie Roses Stimme. Sie kam von oben, und Lizzys erster Gedanke war, dass Rose mit einer Freundin telefonierte. Doch dann, als sie gerade lautstark die Treppe hinaufrennen wollte, blieb sie stehen. Mit wem redete Rose? Ihre Stimme klang irgendwie komisch – distanziert, fast verträumt. So redete man nicht mit einer Freundin.

Plötzlich kehrten Lizzys Bedenken zurück, und statt zu rennen, schlich sie sich leise die Treppe hinauf und blieb dann stehen. Nun konnte sie Rose besser hören. Aber Rose war nicht in ihrem Zimmer, sie war in *Lizzys* Zimmer!

Lizzy bekam eine Gänsehaut. Auf Zehenspitzen schlich sie durch den Gang und blieb vor ihrem Zimmer erneut stehen. Rose hatte aufgehört zu reden, und Lizzy beugte sich vor, um durch ihre halb geöffnete Zimmertür zu spähen.

Rose stand am Fenster. Sie hatte Lizzy den Rücken zugewandt und hielt sich die Muschel ans Ohr. Ihr Kopf war zur Seite geneigt, als höre sie angestrengt zu, und während Lizzy sie beobachtete, sagte sie: »Ja ... St. Agnes. Am Donnerstag ... das heißt in drei Tagen.« Sie klang immer noch so verträumt, und es gab eine kurze Pause, als sie offenbar wieder lauschte. »Ja. Ja, mach ich. Versprochen. Ich werde da sein ... Ja, natürlich bin ich vorsichtig.«

Sie machte Anstalten, die Muschel wieder hinzulegen, und Lizzy zog schnell den Kopf ein. Sie huschte zur Treppe zurück, ging bis zur Hälfte hinunter und kam dann wieder herauf, so laut wie sonst auch. Als sie oben ankam, war Rose im Flur und tat so, als käme sie gerade aus ihrem eigenen Zimmer.

»Hab mein Portemonnaie vergessen!« Lizzy lächelte sie an und hoffte, dass ihre Arglosigkeit überzeugend wirkte.

»Ach ja?« Rose kam auf die Treppe zu. Bis Lizzy ihr Portemonnaie geholt hatte, stand Rose in der Küche, tat sehr geschäftig und summte vor sich hin.

»Bis später«, sagte Lizzy.

Rose wollte nicht wissen, wohin Lizzy ging. Sie sagte nur zerstreut: »Ah, was? Ja, sicher. Viel Spaß«, und summte weiter.

Lizzy trat hinaus auf die Straße. Jetzt hatte sie ihren Beweis: Rose musste ihr nachspioniert und herausgefunden haben, dass man mit der Muschel mit der Unterwasserwelt kommunizieren konnte. Aber mit wem hatte sie gesprochen? Weder mit Kes noch mit den Delfinen, das stand fest. Aber mit wem dann?

Ein schrecklicher Verdacht dämmerte Lizzy. War es möglich, dass *Taran* Roses geheimnisvoller Gesprächspartner gewesen war? Sie sagte sich, dass dieser Verdacht total verrückt war – wie um alles in der Welt hätte die Königin des Meervolks mit Rose in Kontakt treten können? An Land hatte sie nämlich keine Spione.

Außer einem, sagte ihr eine innere Stimme.

Lizzys Augen weiteten sich, als ihr Roses Schwindelanfall im Sealife Center wieder einfiel. Gab es da einen Zusammenhang? Könnte Tullor irgendwie telepathisch auf Rose eingewirkt und sie in seinen Bann gezogen haben?

Lizzys Herz begann gegen ihre Rippen zu hämmern und ihr wurde fast übel. Einige Teile des Puzzles rutschten auf schreckliche Weise an ihren Platz. Und es hatte eindeutig etwas mit der bevorstehenden Reise zu den Scilly-Inseln zu tun ...

Lizzy drehte sich um und lief zum Hafen, so schnell sie konnte.

5. Kapitel

Die *Regard* war am Fischdock festgemacht. Das Ausladen des Fangs unter der Leitung von Mr Treleaven war fast abgeschlossen, und als Lizzy sich umschaute, sah sie Jack ein Stück weiter weg beim überdachten Markt stehen. Kes war bei ihm.

»Lizzy!« Jacks Gesicht mit dem schwarzen Vollbart strahlte bei ihrem Anblick. Lizzy lief zu ihm und Jack klopfte sowohl ihr als auch Kes auf die Schultern. »Schön, euch beide zu sehen!«, sagte er. Dann fiel ihm Lizzys Gesichtsausdruck auf, und er fragte: »Was ist? Ist etwas passiert?«

»Lizzy?« Auch Kes schaute sie fragend an. »Erzähl schon!« Als Lizzy zögerte, fügte er hinzu: »Geht es um Rose?«

Lizzy nickte. »Ich weiß es nicht genau«, sagte sie, »aber ich fürchte, sie steht irgendwie unter Tarans Einfluss.«

Einen kurzen Moment lang herrschte betroffenes Schweigen, doch dann sagte Jack: »Hört mal, gehen wir irgendwohin, wo wir ungestört sind. Lizzy, das musst du uns in allen Einzelheiten erzählen.«

Sie gingen in Richtung der Rettungsstation und setzten sich auf ein Mäuerchen, von dem aus man den Hafen überblicken konnte.

»Also, Lizzy«, sagte Jack. »Als ich dich vorhin anrief, hast du gesagt, alles sei in Ordnung, *abgesehen von* ... Was hast du damit gemeint?«

Lizzy erzählte Jack von dem Zwischenfall im Aquarium. Da fiel ihr etwas ein, das sie bis jetzt ganz vergessen hatte, und sie fügte noch hinzu, dass Rose wenig später gesagt hatte, Tullor täte ihr leid.

»Leid?«, fragte Kes wütend. »Wie kann dieses Ungeheuer einem *leidtun*? Ist sie verrückt geworden?«

»Moment mal, Kes.« Jack hielt eine Hand hoch. »Ich gebe dir recht, es ist seltsam, so etwas zu denken. Deshalb sollten wir uns vielleicht fragen, wie

Rose auf diese Idee gekommen ist.« Er verstummte kurz und sagte dann: »Lizzy, hat Rose seither noch einmal über Tullor geredet?«

Lizzy schüttelte den Kopf. »Nein, aber in den letzten Tagen hat sie sich sehr merkwürdig benommen.« Sie erzählte ihnen von den vielen Fragen, mit denen Rose sie neuerdings löcherte, von ihrer plötzlichen Begeisterung für die Scilly-Inseln und – das Wichtigste – dass sie gesehen hatte, wie ihre Schwester etwas in die Muschel flüsterte. Jack und Kes hörten ihr zu, ohne sie zu unterbrechen, und als Lizzy zu Ende erzählt hatte, stieß Jack laut hörbar die Luft aus.

»Hast du davon gewusst, Kes?«, fragte er.

Kes schüttelte den Kopf. »Lizzy hat Mutter und mir erzählt, dass Rose schwindelig wurde«, sagte er. »Aber alles andere höre ich heute zum ersten Mal.« Er lief rot an. »Ich hielt den Vorfall im Aquarium nicht für sehr wichtig, und deshalb habe ich zu Lizzy gesagt, sie brauche sich keine Sorgen zu machen.«

»Hm. Tja, ich fürchte, ich muss dir sagen, dass du dich getäuscht hast«, sagte Jack. »Ich habe das ungute Gefühl, dass Taran tatsächlich hinter dieser

Sache steckt und Tullor benutzt hat, um mit Rose Kontakt aufzunehmen.«

»Aber wie?«, fragte Kes. »Er ist gefangen. Taran kann ihn nicht erreichen.«

»Nicht körperlich, das nicht«, sagte Jack. »Aber vielleicht steht sie mental mit ihm in Verbindung. Und es kann sein, dass sie ihn benutzt hat, um Rose zu hypnotisieren, sodass sie sie nun mittels der Muschel kontrollieren kann. Tullor ist kein normaler Aal, das wisst ihr – Taran hat ihm Kräfte verliehen, die andere Tiere nicht haben.« Er machte eine kurze Pause. »Und dann wäre da noch die Verbindung mit den Scilly-Inseln.«

»Eine Verbindung?« Lizzy und Kes waren verwirrt.

»Oh ja. Wisst ihr noch, wie ihr Taran neulich die silberne Perle gebracht habt? Da seid ihr beide durch ein magisches Tor geschwommen, das zum Regenbogenteich in der Spiegelhöhle am Meeresboden führt. Das ist der Königshof, an dem Taran seit Jahren lebt. Diese Höhle stellt das Zentrum ihrer Macht dar. Und es liegt nicht weit von diesen Inseln.«

Kes' blitzende Augen verrieten, dass er begriffen

hatte. »Aha, deshalb hat Taran dafür gesorgt, dass Rose unbedingt dorthin in Urlaub fahren will – für sie ist es der ideale Ort für ein Treffen, ohne dass sie sich weit von ihrem Schlupfwinkel entfernen muss.«

»Aber warum will sie sich mit Rose treffen?«, fragte Lizzy. »Was hat sie vor?«

»Ich denke, das lässt sich leicht beantworten«, sagte Jack. »Taran will, dass Rose die schwarze Perle für sie stiehlt.«

Lizzy war schockiert. »Das würde Rose nicht tun! Niemals!«

»Oh doch, falls Taran sie entsprechend hypnotisiert«, gab Kes grimmig zu bedenken.

»Dann müssen wir sie eben daran hindern! Ich werde ihr einfach sagen, dass wir wissen, was Taran im Schilde f–«

»Nein, Lizzy«, unterbrach Jack sie. »Das wäre ein großer Fehler. Wenn Rose hypnotisiert worden ist, merkt sie wahrscheinlich gar nicht, was sie tut. Wenn du sie damit konfrontierst, wird sie sagen, du seiest verrückt geworden. Und Taran würde schnell merken, dass wir die Wahrheit herausgefunden haben.«

»Aber vielleicht ist Rose ja in Gefahr!«, beharrte Lizzy.

»Keine Angst, das ist sie nicht. Da bin ich mir ganz sicher. Und ich habe eine andere Idee. Eine, mit der wir Taran in eine Falle locken können.«

»Was für eine Falle?«, fragte Lizzy skeptisch.

Jack erhob sich. »Bevor ich es dir sage, denke ich, sollten wir alle mit Morvyr sprechen. Kes, du schwimmst jetzt bitte zu ihr, und sobald ich Jeff geholfen habe, seinen Trawler aufzuräumen, leihe ich mir sein Segelboot aus und komme mit Lizzy in die kleine Bucht.«

»Gut, Vater«, sagte Kes. »Aber warum kannst du uns deinen Plan nicht jetzt sofort erzählen?«

»Nein, später. Ich muss ihn mir zuerst noch einmal durch den Kopf gehen lassen.« Jack lächelte ihn an. »Ich weiß, es ist schwer, aber ihr müsst euch noch etwas gedulden.«

Nachdem Morvyr Lizzys Geschichte gehört hatte, war sie sehr beunruhigt.

»Ich dachte mir schon, dass Taran etwas ausheckt«, sagte sie, »aber mit so etwas habe ich nicht gerechnet. Die arme Rose – und auch arme Lizzy; es muss schrecklich für dich sein.«

Sie saß mit Kes auf dem Felsen in der kleinen Bucht, während Lizzy und Jack in dem kleinen Segelboot namens *Silvie* saßen. Arhans war auch da und schwamm in langsamen Kreisen um das Boot. Sie hatte bisher noch keinen Kommentar abgegeben, hörte aber aufmerksam zu.

»Vater sagte, dass Rose vermutlich gar nicht merkt, dass Taran sie in ihrer Macht hat«, sagte Kes zu Morvyr. »Lizzy wollte Rose damit konfrontieren, aber er hat ihr davon abgeraten.« Er warf einen kurzen Blick auf Jack. »Vater hat einen Plan, aber den verrät er uns erst, nachdem er mit dir gesprochen hat.«

Auch Morvyr schaute nun fragend auf Jack, der sagte: »Es hat etwas mit den magischen Toren zu tun, die zum Regenbogenteich führen. Das Tor der schwarzen Perle liegt in der Nähe der Scilly-Inseln, stimmt's?«

»Ja, genau«, antwortete Morvyr. »Und es ist mit Abstand das mächtigste Tor von allen.«

»Und das einzige, das Taran nicht unter Kontrolle hat – deshalb will sie auch Rose und Lizzy unbedingt dorthin locken. Wenn sie die schwarze Perle in die Finger bekommt, ist sie in der Lage, auch das letzte Tor zu öffnen.«

»Dann kann sich ihr niemand mehr widersetzen«, sagte Morvyr bedrückt.

»Also müssen wir dafür sorgen, dass das nicht geschieht. Und genau darauf zielt mein Plan ab.« Jack lächelte Lizzy und Kes an. »Tut mir leid, dass ich vorhin so geheimnisvoll getan habe, aber ich musste unbedingt etwas finden, bevor ich euch davon erzählen konnte.«

»Und? Hast du es gefunden?«, fragte Kes.

»Oh ja.« Jack griff in die Tasche seiner Jeans und zog ein zusammengeknülltes Taschentuch heraus. Die anderen sahen ihm schweigend zu, als er es auseinanderfaltete. Und als das letzte Stoffstück zurückschlug, schnappten sie entgeistert nach Luft.

Denn in dem Taschentuch lag die schwarze Perle.

Morvyr war schockiert. »Jack, wie kannst du nur?«, keuchte sie. »Die Perle müsste doch in deinem Amulett versteckt sein!«

Jack schmunzelte. »Ich wollte nur testen, ob du darauf hereinfällst, und es hat offenbar geklappt. Keine Angst. Es ist nicht die *richtige* schwarze Perle.«

Morvyrs Schrecken verwandelte sich in Staunen, und sie streckte zögernd eine Hand aus, um die Perle vorsichtig zu berühren. »Sie sieht genau gleich aus!«, sagte sie.

»Dann hab ich meine Sache ja gut gemacht!« Jacks Grinsen wurde noch breiter. »Das hier ist eine ganz gewöhnliche Perle. Eine recht große, das stimmt, aber sie ist kein bisschen magisch.«

»Wo hast du sie her?«, fragte Lizzy.

»Als ich vor ein paar Wochen auf dem französischen Trawler war, der in Seenot geriet, hatte ich eine Gürteltasche um«, erklärte Jack. »Darin waren nur ein paar Sachen, Münzen und Souvenirs von meinen Reisen. Und auch diese Perle hier. Ich habe sie einem Perlentaucher im Fernen Osten abgekauft, schon vor Jahren, und als eine Art Glücksbringer mit mir herumgetragen. Und als ich bei den Treleavens einzog, legte ich sie in eine Schublade. Neulich fiel sie mir zufällig wieder in die Hände und da kam ich auf diese Idee. Ich habe die Perle schwarz angemalt und etwas Silber beigemischt, damit sie schön schimmert.«

»Verblüffend«, sagte Morvyr. »Sie sieht wirklich genau wie die echte Perle aus.«

»Wenn *du* das denkst, dann wird es auch Taran denken. Dann können wir ihr mit dieser Perle eine Falle stellen.«

»Wie?«, fragte Kes gespannt.

»Ich habe schon einen Plan«, erklärte Jack. »Lizzy, gibst du mir bitte mal kurz deinen Anhänger?«

Erstaunt nahm Lizzy das Medaillon von ihrer Halskette und reichte es ihm. Jack öffnete es und drückte dann auf die Stelle, mit der man das Geheimfach öffnen konnte. Dort hatte jahrelang die silberne Perle gelegen; nun aber war sie in Tarans Besitz und das Geheimfach war leer. Vorsichtig legte Jack die schwarze Perle hinein und sah Lizzy an.

»So«, erklärte er. »Passt wie angegossen.« Er klappte das Medaillon zu und gab es Lizzy zurück. »Also: Ich gehe jede Wette ein, dass Rose dich bald – ganz beiläufig – fragen wird, ob du etwas über den Verbleib der schwarzen Perle weißt. Dann sagst du ihr, sie sei in deinem Anhänger versteckt. Und wenn ihr dann alle auf die Scilly-Inseln fahrt, nimmst du deine Halskette natürlich mit.«

Lizzy begriff, was er vorhatte. »Aha, und du

denkst, sobald wir dort sind, wird Rose mir das Medaillon mit der falschen Perle stehlen und sich mit Taran treffen, um sie ihr auszuhändigen?«

»Genau. Du musst es ihr leicht machen, aber nicht *zu* leicht. Sie soll auf keinen Fall Verdacht schöpfen. Das dürfte aber kein Problem sein.«

»Und wenn sie sich mit Taran trifft«, rief Kes aufgeregt dazwischen, »werden wir alle auf sie warten und sie uns schnappen!«

Jack lachte. »Na ja, ganz so leicht ist es nicht, Kes! Es dürfte etwas komplizierter sein. Aber die erste Fährte wird gelegt sein. Und jetzt erzähle ich euch noch, wie es weitergehen wird ...«

Alle beugten sich gespannt vor und steckten die Köpfe zusammen, und sogar Arhans kam so nah heran, wie sie nur konnte, als Jack begann, die Einzelheiten zu erklären.

6. Kapitel

»Hast du auch wirklich alles, was du brauchst?«, fragte Rose, als sie ihre Reisetasche die Treppe hinunterschleppte.

Lizzy wartete unten im Flur mit ihrem wesentlich leichteren Gepäck. »Das fragst du jetzt schon zum hundertsten Mal«, stöhnte sie. »Man könnte meinen, wir würden für fünf Monate und nicht nur für fünf Tage verreisen.«

Rose war endlich unten angekommen und stellte erleichtert ihre Reisetasche ab. »Ich kenne dich eben, das ist alles.«

»Ich habe meinen Neoprenanzug und mein Handy dabei und das sind die beiden wichtigsten Dinge.«

»Ja, bis du merkst, dass du vergessen hast, einen Badeanzug oder Sandalen oder saubere Unterwäsche oder dein Medaillon oder Ähnliches einzupacken.« Rose machte eine kurze Pause und fragte dann: »Dein Medaillon nimmst du doch sicher auch mit, oder?«

»Ich trage es um den Hals.« Lizzy zupfte an der silbernen Kette, die sie um den Hals trug, und zeigte Rose den Anhänger. »Warum fragst du?«

Sie wusste ganz genau, warum sich Rose für das Medaillon interessierte, konnte sich die Frage aber nicht verkneifen. Rose zuckte mit den Schultern und sagte: »Na ja, du willst es sicher nicht hierlassen, wenn die schwarze Perle drin ist. Stell dir vor, es kämen Einbrecher, während wir weg sind, oder so.«

Oder stell dir vor, du hast ein Treffen mit Taran vereinbart und könntest ihr die schwarze Perle nicht bringen, dachte Lizzy säuerlich.

In diesem Moment kam Mrs Baxter mit ihrem Koffer die Treppe herunter. »Na, seid ihr Mädchen fertig?«, fragte sie. »In fünf Minuten müssen wir los, sonst verpassen wir die Fähre.«

»Wir haben alles«, sagte Rose. »Aber ich weiß nicht, wo Dad steckt.«

Mrs Baxter zog theatralisch die Augenbrauen hoch. »Wehe, er ist noch nicht mit dem Packen fertig ... Mark!«, rief sie in Richtung von Mr Baxters Arbeitszimmer. »Mark, beeil dich!«

»Ich komme!« Mr Baxter kam aus seinem Arbeitszimmer. »Ich habe nur noch schnell nachgeschaut, ob auch alles ausgeschaltet ist, was aus sein muss. Gut, Mum kann den Wagen schon mal aus der Garage fahren, ich bringe das Gepäck nach draußen.« Er griff nach Roses Reisetasche. »Gütiger Himmel, Rose, was nimmst du denn alles mit? Die Tasche wiegt ja eine halbe Tonne!«

»Nur Klamotten und so«, entgegnete Rose unschuldig.

Und was sonst noch alles?, fragte sich Lizzy. Sie war nicht mehr in ihrem Zimmer gewesen, seit Rose heruntergekommen war, aber ...

»Ich muss noch schnell auf die Toilette«, sagte sie. »Falls wir bei der Fähre ewig warten müssen.«

»Gut, aber beeil dich!«, sagte Mrs Baxter. »Sonst kommen wir wirklich zu spät.« Sie ging aus dem Haus, um das Auto vorzufahren, und Mr Baxter begann damit, das Gepäck vor die Haustür zu schleppen. Rose folgte ihm und Lizzy sauste noch einmal schnell nach oben. Sie ging aber nicht ins Bad, sondern warf einen kurzen Blick in ihr Zimmer.

Tatsächlich – die Muschel lag nicht mehr da, genau wie sie vermutet hatte. Also musste Rose in letzter Minute in Lizzys Zimmer geschlichen sein, um die Muschel zu stibitzen, die nun vermutlich gut eingewickelt in ihrer großen Reisetasche lag. Falls Lizzy noch Zweifel gehabt hatte, so waren sie nun endgültig verschwunden. Rose und Taran steckten unter einer Decke! Und der Plan, den Jack sich so sorgfältig ausgedacht hatte, konnte bald in die Tat umgesetzt werden.

Als Lizzy ein Hupen vor dem Haus hörte, rannte sie hastig wieder nach unten und ins Freie.

Trotz Mrs Baxters Befürchtungen kamen sie rechtzeitig am Hafen von Penzance an, und nachdem sie ihr Gepäck in den Metallgepäckcontainern verstaut hatten, gingen sie über den Landungssteg auf die Scilly-Fähre. Es war nach wie vor schön warm, und Mr Baxter schlug vor, sich an Deck gute Sitzplätze zu suchen, um die herrliche Aussicht zu genießen. Rose, die sich noch genau daran erinnerte, wie übel ihr auf der *Regard* geworden war, wäre lieber rein in den Salon gegangen, doch sie wurde überstimmt.

Die Fähre war ausgebucht, und auf dem Deck wimmelte es von Passagieren, die sich fröhlich unterhielten. Mrs Baxter kam schnell ins Gespräch mit einem Paar, das hinter ihnen saß, und Mr Baxter machte es sich mit der Tageszeitung gemütlich. Bald schon bewegte sich die Fähre gemächlich vom Kai weg und glitt auf das offene Meer zu. Lizzy lehnte sich an die Reling neben ihrem Sitz. Insgeheim hoffte sie, Arhans und ihre Artgenossen würden sich blicken lassen, doch sie wurde enttäuscht. Wer weiß, vielleicht begleiteten sie Kes und Morvyr bereits zu den Inseln, und in diesem Fall würden sie noch vor der Fähre ankommen. Und Jack würde etwas später am Morgen per Helikopter hinfliegen. Es war zwar frustrierend, aber im Moment konnte Lizzy nichts anderes tun als warten. Sie musste versuchen, gegen ihre Nervosität anzukämpfen und die Schiffsreise zu genießen.

Die Überfahrt verlief ohne besondere Ereignisse, abgesehen davon, dass Rose wieder seekrank wurde. Mrs Baxter kaufte ihr im Bordshop eine Packung Ingwerbonbons – Ingwer soll gut gegen Übelkeit sein, sagte sie –, und Rose zog sich damit in den Salon zurück, wo sie sich auf eine gepolsterte Bank legte und versuchte, ein Nickerchen zu machen. Die anderen drei Mitglieder der Familie Baxter blieben an der frischen Luft an Deck, schauten aufs Meer und atmeten in vollen Zügen den salzigen Fahrtwind ein, der ihnen die Haare aus dem Gesicht peitschte. Sommerliche weiße Wolkenflecken jagten am Himmel entlang, auf der Backbordseite glitt der einsam gelegene *Wolf-Rock*-Leuchtturm an ihnen vorbei, und danach war nichts mehr zu sehen außer einem schimmernden blaugrünen Meer, so weit das Auge reichte.

Als sich die Sonne ihrem höchsten Punkt näherte, tauchten die Scilly-Inseln am Horizont auf, und danach dauerte es nicht mehr lange, bis die Fähre gemächlich in den Hafen von St. Mary's glitt. Wieder hielt Lizzy gespannt nach Delfinen Ausschau, doch wieder wurde sie enttäuscht.

Rose fühlte sich besser, und während die Baxters

darauf warteten, dass ihr Gepäck auf das kleinere Boot verladen wurde, das sie auf die Insel St. Agnes bringen würde, ging sie in einen Laden und kam mit einer Tafel Schokolade und zwei Zeitschriften zurück. Lizzy schaute sich um, fragte sich, ob Jack schon angekommen war und wo er wohl übernachten würde. Wenig später kletterten sie an Bord des schon wartenden Katamarans, der unter lautem Motorengeheul startete und dann aus dem Hafenbecken flitzte.

Während der nächsten zwei Stunden war Lizzy zu sehr mit dem Trubel der Ankunft beschäftigt und damit, sich die neue Umgebung anzusehen, als dass sie an etwas anderes gedacht hätte. Ein kleiner Traktor mit Anhänger erwartete sie am Kai und lud ihr Gepäck auf, während sie selbst zu Fuß zu ihrem nahe gelegenen Ferienhäuschen gingen. Es war ein kleines, gemütliches Cottage. Von dem Zimmer aus, das sich Lizzy und Rose teilen würden, hatte man einen herrlichen Blick aufs Meer, und ihr Vermieter hatte ihnen eine Tüte mit Lebensmitteln auf den Küchentisch gestellt.

Die Insel selbst sah überraschend anders als das Festland aus. Es war eher flach, mit großen Flächen von torfigem Gras und Heidekraut. Es gab keinerlei Bäume, nur eher niedrige Büsche und Sträucher sowie seltsam geformte Felsformationen – glatter und abgerundeter als die an ihrer eigenen Küste –, die sich wie prähistorische Figuren aus der Erde erhoben. Weitere abgerundete Felsen säumten die Strände und Lagunen, und ein kleiner, inzwischen stillgelegter Leuchtturm stand auf einem der höchsten Punkte der Insel und glänzte in der Sonne.

Rose wollte sofort auf Erkundungstour gehen, doch Mrs Baxter erklärte resolut, daran sei nicht zu denken, ehe sie nicht alle ihre Sachen ausgepackt und zu Mittag gegessen hätten. Das sah Rose zwar ein, doch Lizzy spürte, wie ungeduldig sie war, während sie ein paar Brote belegten und dann aßen.

Kaum war das Mittagessen vorbei, da sprang Rose auf und sagte: »So, jetzt gehe ich aber auf Erkundungstour.«

»Meinetwegen«, sagte Mrs Baxter, »Ich denke, Lizzy wird dich sicher gern begleiten. Stimmt's, Lizzy?«

Rose und Lizzy schauten einander an, und Lizzy sah, dass Rose alles andere als begeistert war.

»Mum und ich nehmen eine Decke und ein paar Bücher mit und legen uns in nächster Nähe an den Strand«, erklärte Mr Baxter. »Wir wollen das schöne Wetter ausnutzen.«

Lizzy lächelte Rose mit Unschuldsmiene an. »Ich denke, ich gehe lieber mit euch an den Strand, Dad«, sagte sie. »Ich bin irgendwie faul heute. Einen Spaziergang kann ich auch später noch machen.«

Rose war sichtlich erleichtert. »Okay, cool«, sagte sie. Und sie eilte zur Tür hinaus, noch ehe Lizzy es sich anders überlegen konnte.

Bis es Abend wurde, hatte auch Lizzy einen Erkundungsgang hinter sich und kannte sich schon einigermaßen gut aus. Obwohl die Insel nur ungefähr einen Kilometer lang war, gab es so viele Strände, dass sie unmöglich erraten konnte, wo sich Rose und Taran treffen wollten. Es waren etliche Kiesstrände, auf denen man schwerlich barfuß gehen konnte, andere waren herrliche Sandstrände mit weichem, silbrigem Sand. Ein Platz bot sich besonders für ein Treffen an: ein sandiger Damm, der die Insel St. Agnes mit einer noch kleineren Insel namens Gugh verband. Dort gab es keine Strömung und der Strand fiel auf beiden Seiten sanft ab. Lizzy fragte sich, ob Rose ihn schon entdeckt hatte.

Rose erzählte nicht viel darüber, wo sie gewesen war und was sie gesehen hatte, wirkte aber recht zufrieden mit sich und der Welt. Niemand hatte große Lust, etwas zu kochen, und deshalb marschierte die ganze Familie Baxter zum einzigen Gasthaus der Insel, um dort zu Abend zu essen. Hinterher spazierten sie bei einem wunderschönen Abendrot in ihr Ferienhäuschen zurück. Nach diesem letzten Spaziergang waren alle müde, und niemand widersprach, als Mrs Baxter vorschlug, heute früher als sonst ins Bett zu gehen.

Durchaus möglich, dass es Roses Pläne erschwerte, ihr Zimmer mit Lizzy zu teilen, doch sie ließ sich nichts anmerken. Als sie und Lizzy im Bett lagen, streckte sie die Hand aus, um das Licht zu löschen, als sie auf einmal verharrte und fragte: »Dein Medaillon ist doch an einem sicheren Platz, oder?«

»Aber ja, natürlich«, antwortete Lizzy.

»Und die schwarze Perle ist immer noch darin?«

»Klar«, sagte Lizzy, so unbekümmert, wie es ihr möglich war. »Ich habe es überprüft.«

»Gut.« Rose löschte das Licht, wünschte Lizzy eine gute Nacht, drehte sich zur Wand und zog sich die Decke bis an die Ohren. Lizzy lag reglos da, starrte auf das kalte, silberne Licht, das vom Meer reflektiert wurde, und fragte sich, ob Rose wirklich gleich einschlafen wollte oder nur so tat. Sie selbst hatte Jack bereits eine SMS geschickt, aber noch keine Antwort erhalten. Wo er wohl war? Und Kes und Morvyr – waren sie auch hier? Lizzy hatte keine Möglichkeit, es herauszufinden.

Für eine Weile hörte man nur leises Gemurmel aus dem Erdgeschoss, dann ein Knarren der Stufen, als Mum und Dad heraufkamen und ebenfalls in ihr Schlafzimmer gingen. Ihre leisen Stimmen waren noch einige Minuten lang zu hören, dann war alles ruhig. Lizzy wartete. Und nach etwa einer halben Stunde wurde sie endlich für ihre Geduld belohnt. Sie hörte, dass Rose fast lautlos aus ihrem Bett stieg.

Unter halb geschlossenen Augenlidern sah Lizzy ihre große Schwester durch das Zimmer tapsen.

Rose bückte sich zu ihrer Reisetasche und holte Lizzys Muschel heraus. Sie drehte sich kurz zu Lizzy, die rasch beide Augen zumachte. Dann hörte sie das leise Klicken der altmodischen Türklinke, und als sie die Augen vorsichtig wieder öffnete, konnte sie gerade noch Roses Rücken verschwinden sehen.

Lizzy setzte sich auf. Konnte sie es wagen, Rose zu folgen? Sie beschloss, es lieber bleiben zu lassen. Wenn Rose sie sah, war alles im Eimer. Deshalb ging Lizzy nur ans Fenster. Das Ferienhäuschen hatte eine Vorder- und eine Seitentür, und falls Rose durch eine von ihnen aus dem Haus schlüpfte, würde Lizzy es sehen.

Und tatsächlich – es dauerte keine Minute, bis sich die Seitentür öffnete und Rose über die Schwelle trat. Sie blickte kurz zum Fenster ihres Zimmers, doch Lizzy hatte sich geistesgegenwärtig rechtzeitig hinter dem Vorhang versteckt. Dann hastete Rose zum Gartentor. Das Meer dahinter war in Mondlicht gebadet und Roses Gestalt hob sich deutlich von dem silbrigen Hintergrund ab. Sie entfernte sich ein paar Schritte vom Haus und hielt sich dann die Muschel ans Ohr.

Aus dieser Entfernung konnte Lizzy nicht hören, was Rose sagte, doch sie hatte keinen Zweifel, dass sie sich mit Taran unterhielt. Es fing also schon an ... Lizzys Herz zog sich nervös zusammen, und als Rose die Muschel vom Ohr nahm und sich umdrehte, schlüpfte Lizzy schnell wieder in ihr Bett.

Bis Rose leise die Treppe heraufgekommen war und sich ebenfalls wieder ins Bett legte, lag Lizzy mit geschlossenen Augen da und atmete tief und gleichmäßig. Rose kroch in ihr Bett zurück und schlief bald schon ein.

Lizzy aber lag noch lange wach und fragte sich, was der morgige Tag wohl bringen würde.

7. Kapitel

Als Lizzy am nächsten Morgen erwachte, wurde es gerade erst hell. Rose schlief noch und Lizzy zog sich hastig und leise an und ging dann nach unten. Irgendwann in der Nacht hatte sie geglaubt, das gedämpfte Summen ihres Handys zu hören, das sie unter ihrem Kissen versteckt hatte und das ihr verriet, dass eine SMS eingegangen war, aber sie wollte allein sein, wenn sie sie las – für den Fall, dass sie von Jack war.

In der Küche musste sie jedoch feststellen, dass ihr Vater schon vor ihr aufgestanden war.

»Na, du Frühaufsteherin!« Mr Baxter goss gerade Milch über sein Müsli.

»Oh, hallo, Dad. Ja, ich bin schon wach, und es

ist so ein herrlicher Tag, dass ich keine Minute vergeuden will.« Lizzy warf einen Blick auf ihr Handy und sah Jacks Namen auf dem Display. Ihr Herz machte einen Sprung.

»Gute Idee. Willst du auch?« Mr Baxter hielt die Müslipackung hoch.

»Ähm ... ja, bitte. Kannst du mir etwas in eine Schale schütten? Ich muss noch schnell etwas nachschauen.« Lizzy drehte ihm den Rücken zu und drückte auf ein paar Tasten. Jacks SMS war kurz:

Werde in der Früh am Pier sein. Kommst du? J.

»Hast du eine SMS erhalten?«, fragte Mr Baxter.

»Ja ... von ... ähm, einer Freundin«, antwortete Lizzy ausweichend. Wollte Jack damit sagen, dass er nach St. Agnes kam? Aber wie? Und warum so früh? Lizzy schielte auf ihre Uhr und sah, dass es noch nicht einmal halb sieben war. So früh war er sicher noch nicht da, und selbst wenn, würde er auf sie warten. Sie musste nur aus dem Haus sein, bevor Rose aufwachte.

»Hier.« Mr Baxter schob ihr die Müslischale hin und legte noch einen Löffel dazu. Lizzy aß in aller Eile und sagte dann: »Ich denke, ich mache einen kleinen Spaziergang. Bis später.«

»Okay.« Mr Baxter überlegte gerade, ob er Erdbeer- oder Orangenmarmelade auf seinen Toast streichen sollte. »Verlauf dich aber nicht, sonst müssen wir einen Suchtrupp ausschicken.«

Sie lachten beide und Lizzy rannte aus dem Haus.

Allerdings verlief sich Lizzy dann doch. Weil sie eine Abkürzung zum Hafen nehmen wollte, geriet sie auf einen falschen Weg und gelangte zu einem kleinen See, hinter dem eine felsige Landzunge mit zerklüfteten Abhängen bis ins Meer ragte. Lizzy hatte nicht die leiseste Ahnung, wie man von hier aus zum Hafen kam, und weil sie so lange überlegte, in welche Richtung sie gehen sollte, verlor sie noch mehr Zeit. Dann endlich traf sie ein Urlauberpaar, das mit seinem Hund einen frühmorgendlichen Spaziergang machte und das ihr den richtigen Weg weisen konnte. Lizzy rannte so schnell zum Pier, dass sie völlig außer Atem dort ankam.

Ein kleines Motorboot war am Pier vertäut, und als Lizzy sich wegen der noch tief stehenden Sonne die Hand über die Augen hielt, konnte sie eine vertraute Gestalt darin sitzen sehen.

»Jack!« Erleichtert rannte sie die Böschung hinunter.

»Du hast meine Nachricht erhalten!« Jack grinste sie an. »Ich war mir nicht sicher, ob ich alles richtig gemacht habe; SMS-Schreiben ist nicht gerade meine Stärke.«

»Wann bist du angekommen?«, fragte Lizzy. »Und hast du Kes und Morvyr schon gesehen? Oder die Delfine?«

»Gestern, nein und ja.« Sein Grinsen wurde noch breiter. »Ich wohne auf St. Mary's und dort habe ich dieses Boot gemietet.« Er klopfte auf das Steuerrad. »Es hat einen Innenbordmotor und ist viel schneller als ein Segelboot. Genau das, was ich brauche. Also, gestern habe ich Arhans gesehen, kurz vor Einbruch der Dunkelheit. Sie ist vorausgeschwommen, während die anderen Delfine Morvyr und Kes begleitet haben, die lieber bei Nacht schwimmen wollten. Inzwischen dürften sie eingetroffen sein. Wie sieht's bei dir aus? Ist schon etwas passiert?«

Lizzy erzählte ihm, dass Rose letzte Nacht mit

ihrer Muschel aus dem Haus gegangen war. Jack nickte. »Also weiß Taran, dass sie hier ist. Und Rose glaubt felsenfest, dass du die schwarze Perle hast?«

Lizzy nickte. »Vor dem Einschlafen hat sie mich extra noch danach gefragt.«

»Gut. Taran ist sicher ungeduldig. Ich glaube nicht, dass wir lange warten müssen, bis sie ihren ersten Zug macht.«

In einiger Entfernung kräuselte sich die Wasseroberfläche und eine schlanke graue Rückenflosse durchpflügte das Meer und kam blitzschnell näher. Mit einem Begrüßungspfiff schoss Arhans auf das kleine Motorboot zu, und Lizzy bückte sich, um ihren samtig glatten Kopf zu streicheln.

»Arhans! Sind die anderen auch da?«

Arhans stieß weitere Pfiffe aus, und Jack sagte: »Sie sagt, sie seien nicht weit weg. Komm, Lizzy – spring ins Boot. Sie bringt uns zu ihnen.«

Das ließ Lizzy sich nicht zweimal sagen. Schon saß sie im Boot, Jack ließ den Motor anspringen, und sie folgten Arhans, die sich vom Pier abwandte und das offene Meer ansteuerte. Sie führte das Boot rechts um die kleine Insel Gugh herum zu einem breiten Meeresarm auf der anderen Seite des Sanddamms.

»Hier war ich gestern schon, als ich einen Spaziergang gemacht habe«, sagte Lizzy zu Jack. »Ich denke, das wäre ein guter Platz für Taran, um sich mit Rose zu treffen, meinst du nicht auch?«

»Ich weiß nicht«, antwortete Jack. »So wie ich Taran kenne, wird sie eine etwas abgelegenere Stelle wählen. Aber wir müssen abwarten. Ah – da sind sie ja!«

Kes war ganz am anderen Ende der Sandbank und winkte ihnen zu. Nur wenige Meter vor ihm im Wasser sahen sie Morvyrs goldene Haare schimmern. Jack lenkte das Boot auf sie zu, und es dauerte nicht lange, bis Lizzy im flachen Wasser herausspringen und zu ihrer Mutter und ihrem Bruder waten konnte.

»Mann, das war vielleicht eine Strecke vom Festland bis hierher!«, sagte Kes mit einem breiten Grinsen. »Zum Glück haben uns die Delfine geholfen. Erzähl: Gibt's etwas Neues?«

Lizzy wiederholte, was sie Jack schon berichtet hatte.

»Gut«, sagte Morvyr. »Wir müssen also nur auf

Taran warten. Bisher hat sie sich noch nicht blicken lassen, sagen die Delfine, aber Kes und ich halten uns besser zurück, bis wir genau wissen, wo sie ist. Du auch, Jack – falls sie dich hier sieht, würde sie garantiert misstrauisch werden.«

Jack nickte. »Ich fahre nach St. Mary's zurück. Es ist besser, wenn auch Rose mich nicht sieht. Über die Delfine bleiben wir in Verbindung, und sobald etwas passiert, rufe ich Lizzy an.« Er drehte sich zu ihr. »Du hast von uns allen die schwerste Aufgabe, Lizzy. Du musst möglichst die ganze Zeit in Roses Nähe bleiben und so tun, als sei alles normal. Schaffst du das?«

»Aber sicher«, erklärte Lizzy, fügte dann aber etwas kleinlauter hinzu: »Ich werde mein Möglichstes tun.«

»Gut, wir gehen jetzt alle wieder getrennte Wege und warten ab, was als Nächstes geschieht.«

»Wie lange müssen wir deiner Meinung nach warten, Vater?«, fragte Kes. »Wann wird sich Taran melden?«

»Keine Ahnung«, entgegnete Jack. »Aber ich würde fast wetten, dass es schon heute Nacht sein wird …«

8. Kapitel

Rose war sehr nervös an diesem Morgen. Mrs und Mr Baxter schienen es nicht zu bemerken, aber Lizzy schon. Rose sah Lizzy immer wieder an, wenn sie dachte, niemand würde es sehen, doch Lizzy merkte, dass ihre Schwester wie gebannt auf das Amulett an ihrem Hals schielte. Das sagte ihr alles. Rose überlegte sicher angestrengt, wie sie Lizzy dazu überreden könnte, die Halskette abzulegen, um sie selbst heimlich an sich zu nehmen, und sie wurde immer nervöser. Das konnte nur eines bedeuten: Sie und Taran wollten sich an diesem Abend treffen!

Na gut, dachte Lizzy, dann werde ich es Rose nicht allzu schwer machen. Zum Abendessen gab es an diesem Tag nur Pizza und Salat, und hinterher wollten Mrs und Mr Baxter noch einen Bummel bis zum Gasthaus machen, um auf der Terrasse zu sitzen und sich den Sonnenuntergang anzusehen. Sie fragten die Mädchen, ob sie mitkommen wollten, doch Rose sagte, sie müsse noch jede Menge SMS an ihre Freundinnen verschicken, und Lizzy rang sich ein Gähnen ab und verkündete, sie wolle lieber duschen und dann früh zu Bett gehen.

Ihre Eltern verabschiedeten sich und Rose machte es sich mit ihrem Handy auf der Couch gemütlich. Aber sie schrieb keine SMS. Lizzy konnte fast körperlich spüren, wie Rose sie jedes Mal anstarrte, wenn sie ihr den Rücken zuwandte, und schließlich sagte sie: »Ich gehe jetzt unter die Dusche und anschließend ins Bett. Weck mich bitte nicht auf, wenn du nachher ins Zimmer kommst, okay?«

»Okay«, brummte Rose geistesabwesend. »Schlaf gut.«

Lizzy duschte und ging danach in das gemeinsame Zimmer. Normalerweise legte sie ihr Amulett auch nachts nicht ab. Heute aber legte sie es absichtlich und deutlich sichtbar auf das Tischchen zwischen ihrem und Roses Bett. Dann verkroch sie sich mit einem Buch unter die Decke. Sie hörte ihre Eltern zurückkommen und kurz darauf Schritte die Treppe heraufkommen. Schnell löschte Lizzy das Licht, und als Rose leise eintrat, stellte sie sich schlafend. Es dauerte einige Sekunden, bis sich Roses Augen an die Dunkelheit gewöhnt hatten, bevor sie leise die Tür schloss und dann durch das Zimmer tapste. Lizzy spürte, dass Rose an ihr Bett kam und sie betrachtete, und es fiel ihr sehr schwer, nicht zu blinzeln. Als Nächstes hörte sie Roses Matratze ächzen, dann war alles ruhig.

Das Warten war fast unerträglich. Mum und Dad schienen sich ewig Zeit zu lassen, ehe sie auch zu Bett gingen, und Lizzy hatte Angst, sie würde aus Versehen einschlafen. Doch dann endlich war im Ferienhäuschen alles dunkel und ruhig ... bis Lizzy hörte, dass Rose leise aufstand. Jemand lief über den Teppich, und ein leises Klicken verriet, dass er am Tischchen neben Lizzys Bett stand. Als Nächstes schlich sich dieser Jemand zur Tür und verließ fast lautlos das Zimmer.

Lizzy zählte bis zehn, ehe sie vorsichtig die Augen öffnete und sich aufsetzte. Rose war fort – und ihr Amulett ebenfalls!

Lizzy sprang aus dem Bett, zwängte sich in ihren Neoprenanzug, zog einen Pulli und eine Jeans darüber und schlüpfte in ihre bequemsten Turnschuhe. Sie warf ihr Handy und eine Taschenlampe in ihre kleine Schultertasche und flitzte dann so schnell und leise wie möglich die Treppe hinunter.

Rose war nicht mehr zu sehen, doch die Seitentür war nicht abgeschlossen. Lizzy öffnete sie und ging lautlos ins Freie. Hoffentlich würde sie nicht gleich vor ihrer Schwester stehen! Das war zum Glück nicht der Fall und nach einigen Sekunden nahm Lizzy all ihren Mut zusammen und huschte zur Gartentür.

Der Himmel war sternenklar. Die Sterne schienen so hell, dass Lizzy mit einiger Mühe sogar das Ziffernblatt ihrer Uhr ablesen konnte: Viertel nach zwölf. Das Meer rauschte und murmelte, weiße Schaumkronen donnerten an die Felsen und glitzerten im Sternenschein und die Luft war frisch und kühl und roch prickelnd und salzig. Lizzy versteckte sich hinter einem großen, breiten Busch neben der hinteren Gartentür und spähte in die Ferne. Weit und breit war nichts und niemand zu sehen. Welchen Weg hatte Rose genommen? Lizzy musste sich mit Schrecken eingestehen, dass sie *zu* vorsichtig gewesen war. Sie hätte schneller sein müssen – woher sollte sie jetzt wissen, wohin Rose gegangen war?

Sie holte ihr Handy aus der Tasche und wählte Jacks Nummer. Zum Glück ging er sofort dran.

»Jack, ich bin's«, sagte Lizzy außer Atem und möglichst leise. »Rose ist weg und hat mein Amulett mitgenommen. Sie ist sicher auf dem Weg zu Taran, aber ich habe sie aus den Augen verloren. Ich habe keine Ahnung, in welche Richtung sie gegangen ist.«

»Mach dir keine Sorgen«, erwiderte Jack. »Ich bin auf dem Boot und Kes und Morvyr sind bei mir. Wir können innerhalb weniger Minuten an deiner Insel sein und alle zusammen nach Rose suchen. Wo bist du?«

»Noch in der Nähe unseres Häuschens.«

»Gut, dann komm zu der Sandbank, wo wir heute Morgen waren. Ich glaube zwar nicht, dass Rose sich dort mit Taran treffen wird, doch einen Versuch ist es wert. Ruf mich an, sobald du sie siehst; ich mache dasselbe, falls ich sie sehe.«

Er legte auf und Lizzy lief erleichtert zum vereinbarten Treffpunkt. Ihre Taschenlampe einzuschalten traute sie sich nicht, denn falls Rose in der Nähe war, hätte sie den Lichtkegel gesehen. Doch der Sternenhimmel war so klar, dass sie sich mühelos zurechtfand. Diesmal verlief sie sich nicht und sah bald schon die dunklen Umrisse von Gugh sowie den Damm, der dorthin führte, als bleiches Band vor sich. Oben auf dem sandigen Weg blieb sie stehen und schaute sich um. Weit und breit war niemand zu sehen, aber Rose konnte ohne Weiteres irgendwo im Schatten der Felsen sein. Lizzy ging auf dem Pfad zum Damm hinunter, vorsichtig und geduckt, damit sich ihre Silhouette nicht allzu deutlich vor dem Horizont abzeichnete. Das Meer schien leise zu seufzen, als kleine Wellen gegen den Damm platschten und sich wieder zurückzogen, und im Sternenschein sah das Wasser fast silbrig aus. Von Rose jedoch war nach wie vor nichts zu sehen.

Das gedämpfte Klingeln ihres Handys ließ Lizzy zusammenzucken und in ihrer Hektik hätte sie es fast fallen lassen. »Hallo?«, flüsterte sie gespannt in den Hörer.

»Lizzy, ich bin's«, hörte sie Jacks Stimme. »Ich

denke, wir haben sie gefunden! Bist du schon am Damm?«

»Ja!«

Lizzy hatte das Gefühl, ihr Herz setze einen Schlag lang aus, um dann umso schneller weiterzuschlagen.

»Gut – warte dort. Ich hole dich ab.« Und schon hatte er wieder aufgelegt.

Lizzy achtete nicht mehr darauf, ob jemand sie sehen konnte, als sie den Weg weiter hinunterlief. Sie war schon halb über den Damm gerannt, als sie plötzlich das leise Tuckern eines Bootsmotors hörte. Es wurde schnell lauter, als sich die dunklen Umrisse von Jacks Motorboot um die Landspitze schoben und einen weißen Strudel von Kielwasser hinter sich herzogen. Lizzy sprang ins Wasser und watete ihm entgegen und Jack zog sie an Bord.

»Wir sind nicht hundertprozentig sicher, ob es wirklich Rose ist«, erklärte er Lizzy, während er wendete und wieder aufs Meer hinausfuhr, »aber jemand ist mit einer Taschenlampe in Richtung der Südküste der Insel unterwegs. Es kann eigentlich nur Rose sein. Kes ist dort geblieben, um zu sehen, wohin sie geht.«

»Und was ist mit Taran?«, fragte Lizzy. »Ist sie schon in der Nähe?«

Jack schüttelte den Kopf. »Die Delfine halten nach ihr Ausschau, aber sie ist noch nirgends zu sehen. So, wir halten uns von der Küste fern, bis wir auf der anderen Seite sind, dann fahre ich langsam näher. Das Risiko, dass Rose uns kommen hört, ist mir zu groß.«

Sie schwiegen, während das Boot weitertuckerte und dann nach Süden abbog. Lizzy schaute über das Wasser auf die düsteren, flachen Umrisse der anderen Inseln in der Ferne. Alles war so ruhig. Nirgends brannte ein Licht, und man konnte sich kaum vorstellen, dass es hier tagsüber von Sommerurlaubern nur so wimmelte! Man kam sich vor wie in einer anderen Welt. Lizzy fragte sich, was die Urlauber denken würden, wenn sie wüssten, was für sonderbare Dinge hier passierten, während sie schliefen.

Jack steuerte das Boot um einen ins Meer ragenden Felsen, als Lizzy ihn plötzlich am Arm packte. »Schau mal!«, zischte sie und streckte einen Arm aus.

Auf dem Kamm der Insel bewegte sich der

Lichtstrahl einer Taschenlampe auf und ab, quer über das Torfgebiet, das Wingletang Down hieß. An den Umrissen konnte Lizzy zwar sehen, dass es keine sehr große Person war, die die Taschenlampe hielt, aber in der Dunkelheit hätte sie nicht mit Sicherheit sagen können, ob es Rose war oder nicht.

Jack bremste das Boot ab und das Motorengeräusch verebbte zu einem leisen Gemurmel. Zusammen starrten er und Lizzy der Gestalt nach, die sichtlich in Eile war, als hinter ihnen ein Platschen ertönte und Kes den Kopf aus dem Wasser streckte. Er winkte.

»Sie ist es«, verkündete er, schwamm zum Dollbord und legte beide Arme darüber. »Ich bin bis dicht ans Ufer geschwommen und konnte sie gut sehen. Südöstlich von hier gibt es einen recht großen Strand, und ich denke, dort will sie hin.«

Jack nickte. »Ja, das wäre ein idealer Ort für Taran, da sie ja von weiter draußen kommt«, sagte er und nickte. »Wir müssen nur herausfinden, wo wir das Boot ankern können, ohne gesehen zu werden. Hast du eine Idee, Kes?«

»Ja«, sagte Kes. »An diesem Ende des Strandes

liegen einige Felsbrocken, die so breit und hoch sind, dass man das Boot dahinter verstecken kann. Und ihr könnt daraufklettern und von dort aus sehen, was geschieht.«

»Tolle Idee! Dann sollten wir besser gleich unsere Position beziehen, bevor Rose eintrifft. Zeigst du uns den Weg?«

Jack steuerte das Boot sehr langsam, sodass der Motor an Land nicht zu hören war, und so folgten sie Kes noch ein gutes Stück weiter um die Insel herum, bis die besagten großen Steine vor ihnen lagen. Kes zeigte darauf, und das Boot schob sich leise in einen winzigen Meeresarm, der geschützt hinter diesen Steinen lag. Das Meer hob und senkte sich, doch es war ruhig in dieser Nacht, und die Wellen waren so flach, dass sie sich am Ufer kaum überschlugen. Jack schaltete den Motor aus und warf am Heck den Anker aus. Er blieb fast beim ersten Versuch stecken, und Jack band das Befestigungstau an einer Felsnase fest, damit das Boot nicht abtreiben konnte. Dann richtete er sich wieder auf, spähte vorsichtig über die Felsen hinweg und wandte sich wieder zu Lizzy.

»Der Strand liegt direkt dahinter«, sagte er. »Und

ich kann Roses Taschenlampe sehen. Sie ist eindeutig auf dem Weg hierher. Schau, da oberhalb des Dollbords gibt es einen kleinen Felsvorsprung. Wenn du dich daraufstellst, kannst du auch etwas sehen. Aber sei mucksmäuschenstill! Wir dürfen auf gar keinen Fall gesehen werden.«

Lizzy kletterte auf den Felsvorsprung und stellte fest, dass er genau die richtige Höhe hatte, sodass sie über die großen Steine hinweg auf den dahinterliegenden Strand sehen konnte. Es war kein Sandstrand, sondern ein Strand mit glatten, runden Kieselsteinen, von denen einige jedoch so groß waren, dass Lizzy beide Hände gebraucht hätte, um sie hochzuheben. Der Strand sah bleich und fremd aus im Licht der Sterne, wie die Landschaft eines außerirdischen Planeten. Zum Land hin gab es eine recht kurze Böschung, die zu einem mit Gras bewachsenen Weg führte. Der kleine Lichtkegel der Taschenlampe bewegte sich über diesen Weg, direkt auf sie zu – und kurze Zeit später zeichnete sich Roses Gestalt deutlich vor dem sternenklaren Himmel ab.

Sie ging mit gleichmäßigen Schritten und einer erstaunlichen Zuversicht, fast so, als würde sie jeden Zentimeter des Weges kennen. An der Böschung angekommen, sprang Rose mit einem Satz auf den Steinstrand hinunter, und die Kieselsteine knirschten unter ihren Füßen, als sie darüberging. Sie schien absolut keine Angst davor zu haben, auszurutschen oder hinzufallen, obwohl sie nicht im Geringsten darauf achtete, wohin sie ihre Füße setzte. Fast so, als wäre sie in Trance oder als würde jemand anders sie dirigieren, dachte Lizzy.

Etwa auf halber Strecke zwischen Böschung und Wasser blieb Rose stehen und schaute sich um. Lizzy und Jack rührten sich nicht, und Lizzy hielt sogar die Luft an, obwohl Rose sie über das Rauschen des Meeres hinweg ohnehin nicht gehört hätte. Nach einigen Sekunden schien sich Rose sicher zu sein, dass sie allein war, und sie ging noch näher ans Wasser. Etwa einen Meter vor dem schäumenden Ufer blieb sie stehen und stand wartend da.

Eine Hand berührte Jack am Bein, und als er nach unten blickte, sah er, dass Kes ihm ein Zeichen machte. Er und Lizzy setzten sich wieder ins Boot. Das Wasser kräuselte sich und hinter Kes tauchte Morvyrs Kopf aus den Wellen auf.

»Jack, Lizzy ...« Sie gab ihnen zu verstehen, sich herabzubeugen, um ihnen etwas ins Ohr flüstern zu können. »Die Delfine haben Taran gesehen!«

Lizzys Herz setzte einen Schlag lang aus, und Jack flüsterte zurück: »Wo genau?«

»Sie ist durch das silberne Portal gekommen und eindeutig auf dem Weg hierher. Sie kann jeden Augenblick hier sein. Und sie hat ihre Krone nicht auf dem Kopf!«

Kes' Augen blitzten auf.

»Genau wie du vorhergesagt hast, Vater! Du hast gesagt, die Krone sei viel zu wertvoll, um sie mitzubringen. Also hat sie sie zu Hause gelassen. Und das bedeutet, dass wir sie holen können!«

»Und wir dürfen keine Zeit verlieren«, fügte Morvyr hinzu. »Wir müssen sofort los!«

Jack nahm sein Amulett vom Hals und drückte es ihr in die Hand. »Weißt du noch alles, was Königin Kara dir beigebracht hat?«

Morvyr lächelte ihn an. »Oh ja. Ich weiß, was ich mit der Perle tun muss.«

»Dann ... viel Glück!« Voller Stolz betrachtete Jack seine kleine Familie. »Euch allen!«

Lizzy hatte sich bereits aus ihren Kleidern geschält und trug nur noch ihren Neoprenanzug. Sie kletterte über das Dollbord und glitt geräuschlos ins Wasser. Morvyr warf Jack eine Kusshand zu, die er zurückgab. Dann verschwanden Morvyr, Lizzy und Kes lautlos unter Wasser und waren verschwunden.

9. Kapitel

In dem dunklen Wasser gab Morvyr ein schnelles Tempo vor, und Lizzy hatte alle Mühe, hinter ihr zu bleiben. Das Meer war bitterkalt, und die Strömungen waren sehr viel tückischer, als Lizzy es gewohnt war. Sie kamen kreuz und quer und prallten aufeinander, sodass man nur mit größter Mühe überhaupt vorwärtskam. Wieder einmal beneidete sie Kes um seine Fähigkeit, sich von einem normalen Jungen in einen Meerjungen zu verwandeln. Wenn sie ihre Beine nur auch in einen Fischschwanz verwandeln könnte! Ihretwegen kam die kleine Gruppe langsamer voran und verlor wertvolle Zeit.

»Wie weit ... ist es noch ... bis zum Tor der schwarzen Perle?«, keuchte sie.

Das Rauschen des Wassers trug Morvyrs Stimme zu Lizzy nach hinten. »Wir sind gleich da! Aber wir müssen uns beeilen – wir haben nicht viel Zeit!«

Taran war jetzt sicher nicht mehr weit von der Insel entfernt. Bald würde sie an der Küste sein, um Rose zu treffen, und dann würde sie merken, dass sie hereingelegt worden war ... Lizzy strengte sich noch mehr an, bis sie das Gefühl hatte, ihre Muskeln würden zerreißen.

Inzwischen war der Mond aufgegangen und sein silbriges Licht fiel gefiltert durch das Wasser und erhellte das dunkle Meer. Plötzlich sah Lizzy zu ihrer Linken einen großen, massigen grauen Felsen aus dem Wasser ragen und riss erschrocken die Augen auf, als Morvyr einen Schlenker machte und direkt darauf zuflitzte.

»Keine Angst!«, rief Kes. »Mutter weiß, was sie tut!«

Lizzy konnte nur hoffen, dass er recht hatte, und sie nahm all ihren Mut zusammen und folgte Morvyr. Beim Näherkommen sah sie eine schmale Öffnung im Felsen. Ohne zu zögern, schwamm Morvyr direkt darauf zu, und Lizzy begriff, dass Kes und sie ihr folgen sollten. Jenseits der Öffnung war es stockdunkel ... Lizzy bekam Panik, und sie hörte sich rufen: »Ich will da nicht hinein!«

Morvyr drehte den Kopf und lächelte sie beruhigend an. »Keine Angst. Das ist das Portal. Und die schwarze Perle wird uns den Weg weisen.«

Sie öffnete Jacks Amulett und drückte auf das Geheimfach. Es sprang sofort auf, und eine schwarze Perle kam zum Vorschein, die einen eigenartigen, weichen Glanz verströmte. Lizzy starrte sie fasziniert an, denn obwohl das Licht fast schwarz war, war die Dunkelheit plötzlich irgendwie weniger dunkel. Der Glanz der Perle strahlte Morvyrs Gesicht und Haare an und nahm alle Farbe weg, sodass sie aussah wie eine Person auf einem alten Schwarz-Weiß-Foto. »Kommt, Kinder!«, sagte sie.

Sie schwamm durch die Felsspalte. Lizzy und Kes zögerten für einen Moment. Dann fassten sie sich an den Händen und folgten Morvyr.

Hinter der Felsspalte lag ein kleiner Hohlraum, der nicht so tief war, wie Lizzy befürchtet hatte, und im Glanz der Perle sah sie etwas weiter hinten eine gleichmäßige Vertiefung im Boden. Sie versammelten sich um diese Vertiefung und Morvyr hielt die Perle darüber.

In der Vertiefung begann ein Lichtpool zu schimmern, so gespenstisch farblos wie der Glanz der Perle. Lizzy dachte an das Portal, das sie und Kes passieren mussten, um Taran die silberne Perle zu bringen. Sie wartete und wusste, was kommen würde, als das Licht in Bewegung geriet, zuerst nur langsam, dann immer schneller und schneller, bis es ein wilder Strudel war. Lizzy holte tief Luft – und da wurde sie auch schon von dem Strudel erfasst, gedreht und herumgewirbelt und schließlich durch das Portal gesaugt. Sich um die eigene Achse und kopfüber drehend, wurden sie in den magischen Tunnel hineingezogen – ehe sie mit einem Platschen und Klatschen eine Wasseroberfläche durchbrachen und sich in einer fast gleißend hellen Umgebung wiederfanden.

Sie schwammen im Teich in der Regenbogenhöhle. Als das wirbelnde, strudelnde Wasser sich wieder beruhigt hatte, schaute sich Lizzy um. In die Wände der Höhle waren neun Spiegel eingelassen. Sieben von ihnen schimmerten in je einer Farbe des Regenbogens, der achte war silbern. Der neunte Spiegel aber war noch immer dunkel und leblos – und so würde er bleiben, bis die schwarze

Perle wieder an ihrem angestammten Platz in der Krone der Königin war. Lizzy sah auch den breiten Felsvorsprung, der Taran als Thron diente. Im Moment war er leer, doch Lizzy sah Taran wieder vor sich – ihr hinterhältiges, grausames Gesicht mit dem triumphierenden Grinsen, mit dem sie die silberne Perle hochgehalten hatte.

Morvyrs Stimme riss Lizzy aus ihren unschönen Erinnerungen. »Schnell, Kinder!«, rief sie. »Das goldene Diadem muss irgendwo hier sein und wir müssen es so schnell wie möglich finden. Sucht die Felsen und Spiegel ab, ich schwimme in der Zwischenzeit auf den Grund des Teiches und suche dort.«

Ohne auf eine Antwort zu warten, tauchte sie unter und war verschwunden. Kes schaute Lizzy an. »Auf geht's!«, sagte er. »Nichts wie los ...«

Jack wartete hinter den großen Felsbrocken in seinem sachte auf den Wellen schaukelnden Motorboot und hielt Augen und Ohren offen. Taran war noch nicht da und Roses tranceähnlicher Zustand schien sich allmählich abzuschwächen. Sie wurde zunehmend ungeduldiger und schritt am Strand auf und ab: Die Hände in den Taschen vergraben, schlurfte sie lustlos über die Kieselsteine. Obwohl es Sommer war, war es eine eher kalte Nacht, denn der Wind kam vom Meer, und Rose fröstelte und rieb sich die Oberarme.

Auch Jack fror, doch das merkte er kaum. Je später Taran eintraf, desto besser, denn dann hatten Morvyr und die Zwillinge mehr Zeit für ihre Suche. Wo waren sie inzwischen?, fragte er sich. Hatten sie das schwarze Portal passiert und waren schon in der Regenbogenhöhle? Hatten sie das goldene Diadem bereits gefunden? Arhans und die anderen Delfine wüssten vielleicht mehr, doch er hatte sie gebeten, sich von der Insel fernzuhalten, damit Taran sie auf keinen Fall sehen und Verdacht schöpfen würde.

Auf einmal kräuselte sich die Wasseroberfläche unweit des Strandes und etwas Silbernes schimmerte auf. Jack war sofort hellwach und starrte auf das Wasser. Auch Rose hatte das Schimmern gesehen, denn sie lief ans Ufer und beugte sich gespannt vor. Das Wasser kräuselte sich erneut, diesmal noch näher am Strand – und Tarans Kopf und Schultern tauchten auf. Sie trug ihren Umhang aus Seetang, ihre Handgelenke und ihr Hals waren mit Armbändern und Halsketten aus seltenen Muscheln behängt. Ihre blauschwarzen Haare glänzten im Mondlicht und ihre smaragdgrünen Augen funkelten. Jack hörte Rose vor so viel Schönheit nach Luft schnappen; er dagegen schüttelte sich. Taran war wunderschön, das stimmte. Wunderschön – aber auch abgrundtief böse.

»Ah, Rose.« Die melodische Stimme der selbst ernannten Königin des Meervolkes übertönte das Rauschen der Wellen. »Endlich lernen wir uns kennen.« Gier funkelte in ihren Augen. »Hast du die schwarze Perle mitgebracht?«

»Ja, Majestät.« Rose nahm Lizzys Medaillon samt Kette von ihrem Hals und hielt es hoch. »Da ist sie!«

Taran lächelte huldvoll. »Komm näher, meine Liebe. Zeig sie mir!«

Ohne Rücksicht auf ihre Jeans oder Schuhe watete Rose auf die Meerjungfrau zu, bis ihr das Wasser bis über die Knie reichte.

»Ahh!« Taran holte tief Luft. »Und deine Schwester?«

»Sie liegt in unserem Ferienhaus im Bett und weiß von nichts.«

»Ausgezeichnet!« Taran schwamm näher, ohne die Augen auch nur eine Sekunde von dem Amulett zu nehmen. »Lizzys Verhalten hat mich sehr enttäuscht und traurig gemacht. Sie ist auf Morvyrs Lügen hereingefallen und glaubt allen Ernstes, ich sei eine Usurpatorin. Das arme Kind; wie kann sie nur so dumm sein? Du bist älter als sie und weißt, was wahr ist.«

»Oh ja«, antwortete Rose eifrig. »Das stimmt. Die schwarze Perle gehört rechtmäßig Euch, denn Ihr seid die wahre Königin.«

»Daran besteht kein Zweifel. Du bist ein kluges Mädchen.« Taran lächelte ihr süßestes Lächeln und streckte die Hand aus. »So, aber jetzt, meine Liebe, gib mir die Perle!«

»Sie ist nirgends!« Lizzy schaute ratlos durch die unterseeische Höhle, die Hände vor Enttäuschung zu Fäusten geballt.

»Sie *muss* aber irgendwo sein!« Morvyr war wiederaufgetaucht und blickte sich hektisch um.

»Mutter, wir haben wirklich die ganze Höhle durchsucht«, stöhnte Kes. »Das Diadem ist *nirgends*. Taran muss es so gut versteckt haben, dass wir es nie im Leben finden!«

»Und die Zeit wird knapp«, fügte Lizzy besorgt hinzu.

Morvyr sah sich erneut um. »Oh, wo kann es nur sein? Hat sie vielleicht ...« Plötzlich änderte sich ihr Gesichtsausdruck. »Oh nein ...«

»Was ist, Mutter? Sag schon!«

»Ich weiß nicht genau ... da ist etwas ... ein Gefühl, dass ...« Ein Schauder durchfuhr Morvyr, und sie flitzte mit einem Flossenschlag durch den Teich, bis sie direkt unterhalb des schwarzen Spiegels war, der jedoch nur ein mattes, lebloses Oval in der Höhlenwand war. Sie kniff die Augen zusammen und fuhr fort: »Es gibt einen Zauberspruch – Königin Kara hat ihn mir beigebracht, aber das ist lange her. Wenn er mir doch nur einfiele ... Ah!« Sie riss die Augen wieder auf, hob die Perle und hielt sie an ihre Stirn.

»Dunkler Spiegel – erwache und werde hell!
Zeig mir die Wahrheit und das bitte schnell!«

Zu Lizzys Staunen begann der leere Spiegel in demselben Glanz zu glühen wie die schwarze Perle. Einige Sekunden lang wirbelte es dunkel in seinen Tiefen. Dann wurde er ganz langsam heller und man sah ein Bild. Es zeigte den Strand auf der Insel. Und Rose, die direkt am Ufer stand. Taran war ebenfalls zu sehen. Und Rose hielt Lizzys Amulett in der Hand ...

Rose mühte sich mit dem Geheimfach ab. Taran war sichtlich ungehalten, weil sie so lange brauchte. Dann endlich fanden Roses Finger die richtige Stelle und das Geheimfach sprang auf.

»Die Perle!«, zischte Taran. »Ist sie da?«

»Ja, Majestät.« Behutsam, fast ehrfürchtig, nahm Rose die falsche Perle zwischen Daumen und Zeigefinger und hielt sie hoch. Jack hatte sie sehr geschickt bemalt und über der schwarzen Farbe eine silberne Glanzschicht aufgetragen, sodass sie der echten Perle zum Verwechseln ähnlich sah.

Tarans entzückter Seufzer klang wie eine kleine Brandungswelle. »Gib sie mir! Gib sie her!«

Rose streckte die Hand aus und Taran entriss

ihr die Perle. Sie legte sie auf ihre Handfläche und streichelte sie liebevoll und gierig zugleich. »Auf diesen Moment habe ich lange gewartet«, sagte sie und säuselte fast vor Entzücken. Dann griff sie zwischen die Falten ihres Umhangs und zog etwas hervor.

»Oh, wie schön!«, rief Rose. Jack, der über den Felsen hinwegspähte, erstarrte vor Schreck, als er sah, was Taran plötzlich in der Hand hielt. Es war das goldene Diadem – sie hatte es wider Erwarten doch mitgebracht! Folglich durchsuchten Morvyr und die Zwillinge in diesem Moment ihre Grotte nach etwas, das sie nie finden würden!

Hilflos musste Jack mit ansehen, wie Taran in der einen Hand das Diadem, in der anderen die Perle hochhielt. Im Mondlicht schien das Diadem geradezu Feuer zu fangen, und all die anderen Perlen, die in den Rand eingelassen waren, glitzerten wie Katzenaugen. Und gleich darauf drang Tarans Stimme durch die Nacht, während sie den Zauberspruch aufsagte:

»Sieben ihr wart und acht ihr nun seid;
Mit der neunten Perle ist es so weit.

Heil wird die Krone dann wieder sein,
Durch die Kraft von Mond und Meer ganz mein!
Untertan seid ihr mir, einmal, zweimal,
Und mit diesem Zeichen gleich dreimal.
Gleich ist die Krone wieder ganz –
Und meine Macht erstrahlt in vollem Glanz!«

Als Taran das letzte Wort aussprach, drückte sie die schwarze Perle in die letzte leere Vertiefung in der Krone.

Nichts geschah! Die anderen Perlen erstrahlten nicht in allen Farben des Regenbogens, und die falsche schwarze Perle verschmolz nicht mit dem Diadem, sondern lag leblos zwischen Tarans Fingern.

Taran starrte auf die Perle und wartete einen Augenblick. Dann hob sie langsam den Kopf und ihr hasserfüllter Blick durchbohrte Rose. In ihren Augen zuckten grüne Blitze und ihr Gesicht verzerrte sich vor Wut zu einer schrecklichen Fratze.

»Du wolltest mich betrügen!« Tarans Stimme begann als leises Fauchen und schwoll zu einem schrillen Schrei an. »DU WOLLTEST MICH BETRÜGEN!«

Energisch schwenkte sie ihren Schwanz und warf sich nach vorn – und der Bann, unter dem Rose gestanden hatte, brach. Rose kam abrupt wieder zu sich und sah Taran, die sich auf sie stürzte. Sie schrie auf und versuchte hektisch, sich rückwärts an den Strand zu retten, doch die Kieselsteine unter ihren Füßen waren so glitschig und tückisch, dass sie mit einem weiteren Schrei rückwärts ins Wasser fiel.

»Rose!« Erschrocken sprang Jack aus dem Boot und über den Felsen, um Rose zu Hilfe zu eilen. Doch es war schon zu spät! Während Rose sich aufzurappeln versuchte, warf Taran die falsche Perle achtlos weg und krallte ihre Finger in Roses Arm. Mit eisernem Griff hielt die wütende Königin ihr Opfer fest, so unnachgiebig wie der Kiefer eines Riesenaals, und zog Rose aufs Meer hinaus.

10. Kapitel

»Rose!« Lizzys Schrei war mindestens so laut wie der von Jack, als sie in dem schwarzen Spiegel sah, was oben an Land geschah. Sie überlegte keine Sekunde. Blitzschnell machte sie eine Drehung und tauchte im Regenbogenteich unter.

Sie hörte Kes und Morvyr rufen, sie solle zurückkommen, doch das interessierte sie nicht, und sie tauchte immer tiefer und tiefer. Rose war in größter Gefahr, das war alles, was zählte. Der Wasserstrudel kam Lizzy entgegen und sie stürzte sich hinein. Er erfasste sie und trug sie mit sich fort, schnell und immer schneller, schwindelerregend schnell, bis sie auf der anderen Seite des Portals in einem Wirbel von blubbernden, schäumenden Blasen wieder ausgespuckt wurde. Keuchend schwamm Lizzy auf die schmale Öffnung zu, hatte sie innerhalb von Sekunden passiert und nahm dann Kurs auf die Insel. Sie schwamm mit mehr Kraft, als sie sich zugetraut hätte. Taran wollte Rose ertränken – das *musste* sie verhindern!

Hektisch durchpflügte Lizzy das Wasser, schlug wie wild mit Armen und Beinen. Schneller, schneller, *schneller*! Doch sie war einfach nicht schnell genug. Sie hatte weder genügend Kraft, noch war sie schnell genug.

Plötzlich zuckte etwas durch ihren Körper, ein heftiges Kribbeln, vom Kopf bis in die Zehenspitzen. Ihre Füße – sie hatte plötzlich keine Füße mehr! Lizzy verwandelte sich; sie konnte spüren, wie ihre Beine und ihre Füße miteinander verschmolzen und zu einem Fischschwanz wurden. *Sie war eine Meerjungfrau geworden!*

Lizzy stieß einen seltsamen, wilden Schrei aus – einen Schrei des Triumphes und der Hoffnung, als sie geschmeidig und pfeilschnell wie ein Delfin auf die Stelle zuraste, wo Rose gerade um ihr Leben kämpfte.

Es dauerte nur wenige Sekunden, bis Jack den Motor angeworfen hatte, doch schon während er das kleine Boot aus dem Schutz der Felsen heraus und auf das offene Meer zulenkte, war ihm klar, dass er nichts ausrichten konnte. Taran und Rose waren unter der Wasseroberfläche verschwunden; er wusste zwar genau, an welcher Stelle das gewesen war, doch um sie zu erreichen, hätte er ein Tiefseetaucher sein müssen. Er konnte nicht unter Wasser atmen – und deshalb konnte er Rose auch nicht helfen!

»Arhans!«, brüllte er aus Leibeskräften. *»Arhans, zu Hilfe, schnell!«* Doch die Delfine waren nicht da. Und selbst wenn Arhans ihn gehört hatte, war sie vermutlich zu weit entfernt, um rechtzeitig zur Stelle zu sein.

Da sah Jack weit draußen im Meer etwas platschen und spritzen und für einen kurzen Moment war eine glänzende Schwanzflosse zu sehen. Im ersten Augenblick glaubte er, es sei ein Delfin. Dann aber sah er, wie sehr er sich geirrt hatte.

In dem dunklen, wirbelnden Wasser konnte Lizzy in einiger Entfernung Taran und Rose vor sich sehen. Rose wehrte sich, doch ihre Bewegungen wurden immer kraftloser, während Tarans Griff unverändert stark blieb. Unerbittlich zog sie Rose in die Tiefe. Da wurde Lizzy von einer Mischung aus Wut und Verzweiflung gepackt, die ihr neue Energie verlieh. Die Fäuste geballt und beide Arme weit über den Kopf gestreckt, beschleunigte sie noch mehr und donnerte schließlich mit voller Wucht gegen die böse Königin.

Da Lizzy von hinten kam, hatte Taran sie nicht kommen sehen und war völlig überrumpelt von Lizzys Angriff, dessen Wucht sie seitwärts schleuderte. Unwillkürlich ließ sie Rose los, die leblos tiefer sank. Mit zwei Flossenschlägen war Lizzy bei ihr, packte sie unter den Armen und versuchte, mit ihr an die Oberfläche zu schwimmen. Doch Rose war eine schwere Last: Schlaff und bewusstlos hing sie in Lizzys Armen und ihre nasse Kleidung zog sie noch zusätzlich nach unten. Selbst wenn Lizzy es schaffte, Rose an die Wasseroberfläche zu bringen, würden ihre Kräfte dann noch ausreichen, sie bis an die Küste zu bringen?

Doch als sie mit Rose an die mondbeschienene Wasseroberfläche kam, sah sie ein Motorboot näher brausen und sah, dass Jack am Steuer saß.

Lizzy winkte hektisch und prustete, als sich Luft und Wasser in ihrem Mund vermischten. Um ein Haar hätte sie Rose losgelassen, konnte im letzten Moment aber wieder zupacken, und dann war Jack auch schon da, bremste das Boot ab und beugte sich herunter, um Lizzy die schwere Last abzunehmen.

»Ich hab sie!« Er hievte Rose über das Dollbord, bettete sie auf dem Boden des Bootes, und als er wieder aufblickte, weiteten sich seine Augen vor Schreck. »Lizzy, Achtung!«, schrie er.

Lizzys Kopf fuhr herum – gerade noch rechtzeitig, um Taran auf sie zurasen zu sehen. Das Gesicht der Königin war vor Wut entstellt und ihre ausgestreckten Hände sahen wie Krallen aus. Lizzy konnte nur noch instinktiv reagieren, und als Taran sich auf sie stürzte, schwenkte sie ihren Schwanz und tauchte im allerletzten Moment ab. Taran schoss über sie hinweg, und während sich Lizzy wiederaufrichtete, machte die Königin eine unglaublich schnelle Kehrtwende und ging zum nächsten Angriff über. Lizzy sah einen Arm auf sich zukommen und duckte sich, holte mit ihrem Schwanz Schwung und schlug ihn Taran mit voller Wucht in die Magengrube. Da sah sie in dem strudelnden, tosenden Wasser etwas Goldenes aufblitzen. Das Diadem! Wenn sie es zu fassen bekäme …

Ohne lange zu überlegen, stürzte sie sich auf Taran. Damit hatte die Königin nicht gerechnet und sie verlor die Balance. Lizzys Finger umschlossen das Diadem. In einem erbitterten Kampf versuchte Lizzy, der Königin das Diadem zu entreißen, doch Taran war größer und stärker als sie, und Lizzy merkte, dass ihre Finger abzurutschen begannen. Sie zog ein letztes Mal mit aller Kraft – und machte plötzlich einen Salto rückwärts, weil Taran das Diadem mit einem Aufschrei losgelassen hatte.

Eine lange Stange, genauer gesagt: ein Bootshaken, war wie ein Speer von oben herabgesaust, und die Spitze verhakte sich in Tarans Seetangumhang. *Jack!*, wie Lizzy erleichtert feststellte. Er musste sie von oben gesehen haben und war ihr zu Hilfe geeilt! Jack bewegte die lange Stange nach hinten und riss Taran von Lizzy weg. Sie versuchte zwar, sich zu befreien, doch ihre Arme und ihr Schwanz verhedderten sich in den Falten ihres Umhangs.

Lizzy nutzte ihre Chance! Das Diadem in der Hand, drehte sie sich blitzschnell von Taran weg und flitzte los. Sie hörte Taran schreien, sie solle sofort zurückkommen, doch das kümmerte sie nicht. Sie musste sofort zur Höhle des Regenbogenteichs zurückschwimmen, zu Kes und Morvyr, damit die schwarze Perle an ihren richtigen Platz kam und das Diadem wieder vollständig war!

In Tarans Schreien schwang auf einmal keine ohnmächtige Wut mehr mit, sondern Triumph. Lizzy warf einen flüchtigen Blick nach hinten und sah mit Schrecken, dass sich die Königin von dem Bootshaken losgerissen hatte und sie verfolgte. Entsetzt verdoppelte Lizzy ihre Flossenschläge. Sie hatte einen gewissen Vorsprung und schwamm, so schnell sie konnte – doch Taran war schneller. Langsam, aber sicher holte sie auf, bis Lizzy mit schrecklicher Gewissheit wusste, dass Taran sie demnächst eingeholt haben würde. Hatte Jack gesehen, was passiert war? Folgte er ihnen mit dem Boot? Konnte er irgendwie eingreifen? Und Kes und Morvyr oder die Delfine – wo waren sie nur alle?

»Arhans! Mutter!« Lizzy hatte kaum noch Luft zum Schreien, sie war am Ende ihrer Kräfte. »Helft mir! Oh, bitte, helft mir!«

Taran war keine zehn Meter mehr hinter ihr

und kam immer näher. Ihre Angst verlieh Lizzy fast übermenschliche Kräfte und sie legte noch einen Zahn zu. Aber auch das würde nicht reichen ...

Plötzlich hörte sie irgendwo vor sich eine Stimme. »Lizzy!« Und im nächsten Moment zeichneten sich Kes und Morvyr im trüben Dämmerlicht ab. Sie saßen auf dem Rücken von zwei Delfinen, und auch die anderen Delfine waren da, sogar Arhans, die die kleine Truppe anführte.

»Lizzy, das Diadem!«, rief Morvyr. »Gib es mir, schnell!« Sie glitt vom Rücken ihres Delfins und schoss auf Lizzy zu. In ihrer Hast ließ Lizzy das Diadem fallen, doch Morvyr tauchte ihm nach und fing es geschickt auf. Ihre Finger umschlossen den Reif und in der anderen Hand hielt sie die schwarze Perle.

Die acht Perlen in dem Diadem begannen zu blinken und zu blitzen. Taran erstarrte wie vom Blitz getroffen.

»Nein!«, schrie sie außer sich vor Zorn und funkelte Morvyr drohend an. »Oh nein. Das wagst du *nicht*!«

»Meinst du?« Morvyrs Lächeln war wie aus Eis.

Dann rief sie laut und deutlich über das Tosen der einlaufenden Flut hinweg:

»*Sieben ihr wart und nun seid ihr acht;*
doch neun geben der Krone die Macht.
Dank der großen Kraft von Mond und Meer
ist die Krone wieder unversehrt.«

Ein vibrierender Regenbogen von Licht quoll zwischen Morvyrs Fingern hervor und Tarans Augen weiteten sich vor Entsetzen. Sie hob die Arme, versuchte, alle ihr verbliebenen Kräfte aufzubieten, doch noch ehe sie einen Zauberspruch aufsagen konnte, fuhr Morvyr fort:

»*Dreimal drei Mal gebunden seid ihr,*
in dieser Krone des Lichtes hier.
Heil ist der Machtkreis ohnegleichen –
Und alles Böse soll für immer weichen!«

Als Morvyr die letzte Silbe aussprach, flammte das Regenbogenlicht auf und strömte in alle Richtungen. Es beschien Lizzy und Kes und badete sie in ein fantastisch aussehendes, farbiges Licht. Dann schien es sich in einem einzelnen, blendenden Strahl zu sammeln, und eine Ladung schillernder Energie zuckte durch das Meer und traf Taran mit voller Wucht.

Die böse Königin schrie und taumelte, sich ständig drehend, rückwärts. Der Energiestrahl erlosch, und Taran versuchte krampfhaft, ihr Gleichgewicht wiederzuerlangen. Sie starrte Morvyr und die Zwillinge ein, zwei Augenblicke lang an: Ihr Gesicht war ausdruckslos, und sie bekam den Mund nicht mehr zu, weil sie offenbar nicht glauben konnte, was geschehen war. Dann heulte sie voller Verzweiflung auf, drehte sich mit einem heftigen Flossenschlag um und suchte das Weite.

Morvyr blickte auf Arhans und sagte: »Haltet sie auf!«

Arhans stieß einen hohen Befehlspfiff aus und die fünf Delfine scherten links und rechts aus und sausten Taran nach. Als sie in der Dunkelheit verschwanden, wandte sich Morvyr an Lizzy und Kes. Sie hielt das Diadem noch in der Hand, und Lizzy sah, dass es nicht mehr nur mattgolden war, sondern glühte und schimmerte und funkelte, als befände sich im Inneren eine eigene Lichtquelle.

»Geschafft«, sagte Morvyr strahlend. »Endlich ist Tarans Macht gebrochen.« Sie streckte einen Arm aus und zog Lizzy an sich. »Du hast die Krone gerettet, Lizzy – und uns alle!« Sie hielt Lizzy ein Stück von sich weg und betrachtete lächelnd den schuppigen Fischschwanz. »Und du hast gleichzeitig dich selbst gefunden!«

11. Kapitel

Lizzys Unterlippe begann zu beben. »Es war wegen Rose«, wisperte sie. »Taran wollte sie ertränken. Deshalb habe ich ... einfach nur ...« Ihre Worte endeten mit einem erstickten Schluchzen.

»Du warst großartig, Lizzy«, sagte Kes. Er legte ihr ebenfalls einen Arm um die Schulter. »Jetzt bist du eine *echte* Meerjungfrau!«

Da wirbelte über ihnen das Wasser auf und sie hörten ein Motorengeräusch.

»Das ist Vater!« Aufgeregt ließ Kes Lizzy los und schwamm nach oben. Morvyr griff nach Lizzys Hand und zog sie mit sich an die Oberfläche, und als ihre Köpfe aus dem Wasser tauchten, sahen sie Kes bei Jack im Motorboot sitzen.

»Rose!« Lizzy ließ Morvyrs Hand los und schwamm zum Boot. »Was ist mit Rose?«

»Sie kommt wieder auf die Beine«, versicherte ihr Jack. »Sie hat zwar einiges an Salzwasser geschluckt, aber sie hat das meiste davon wieder ausgespuckt, und sie ist schon auf dem Weg der Besserung.«

Lizzy legte die Unterarme über das Dollbord, zog sich ein Stück hoch und schaute ins Boot. Rose lag auf dem Boden, Jacks Jacke und Pulli um die Schultern gelegt. Sie hatte die Augen offen und schaute noch etwas benommen drein, doch als sie Lizzys besorgten Blick sah, rang sie sich ein unsicheres Lächeln ab.

»Mir geht's gut«, sagte sie. »Hätte aber auch schiefgehen können. Danke, Schwesterherz.«

Lizzy merkte, dass sie bis in die Haarwurzeln errötete, und um ihre Verlegenheit zu überspielen, sagte sie: »Wir müssen dich so schnell wie möglich an Land zurückbringen. Sonst holst du dir noch eine Lungenentzündung.«

»Ach, sei kein Frosch. Mir geht's blendend!« Rose versuchte, sich aufzusetzen, nahm Jacks ausgestreckte Hand aber dankbar an. Sie hustete, wischte sich über den Mund und fügte dann, wieder fast ganz die alte Rose, hinzu: »Und falls du denkst, ich klinke mich jetzt aus und gehe nach Hause, dann hast du dich schwer getäuscht, meine Liebe!« Auch Morvyr war inzwischen beim Boot angelangt und Rose blickte erwartungsvoll von einem zum anderen. »Los, erzählt nun endlich, was passiert ist!«

Lächelnd hielt Morvyr das goldene Diadem hoch.

»Wow ...« Rose schnappte nach Luft. Auch Jack starrte fasziniert auf das Diadem.

»Ihr habt es geschafft!«, sagte er bewundernd.

»Es ist *Lizzys* Verdienst«, erklärte Morvyr. »Sie hat ihre ureigenste Natur entdeckt, weil sie Rose aus einer großen Gefahr retten wollte. Und das gab ihr die Kraft, Taran zu besiegen.«

Kes grinste von einem Ohr zum anderen. »Lizzy ist eine großartige Meerjungfrau, Vater, findest du nicht auch?«, sagte er. »Du hättest sehen sollen, wie schnell sie plötzlich schwimmen konnte, als Taran hinter ihr her war! Wenn ich nicht aufpasse, schwimmt sie bald besser als ich!«

»Ja, sie ist eine spitzenmäßige Meerjungfrau«, stimmte Jack ihm zu und lehnte sich vor, um Lizzys nasse Haare zu zerzausen. »Ich bin sehr, sehr stolz auf sie.«

Lizzy merkte, dass ihr Tränen in die Augen schossen, und sie riss sich schnell zusammen. Alles war gut ausgegangen – Rose war gerettet, Taran besiegt und die Krone besaß wieder ihren vollen Glanz und ihre uneingeschränkte Macht. Was gab es da zu *heulen*?

Jack spürte, was in ihr vorging. Er wollte gerade etwas sagen, da ertönte ein schrilles Pfeifen in der Ferne und alle drehten den Kopf.

»Ah, die Delfine«, erklärte Morvyr und schaute gespannt über das mondbeschienene Wasser. »Sie kommen zurück.« Sie kniff die Augen zusammen, um besser sehen zu können. »Und sie haben jemanden mitgebracht.«

Die Delfine schwammen in einer geschlossenen Formation näher. Arhans schwamm voraus, hinter ihr kamen zwei Artgenossen, die etwas zwischen sich zu schleppen schienen, während der vierte und fünfte Delfin wie Wächter seitlich von ihnen schwammen. Als sie näher kamen, konnte man sehen, worin ihre mysteriöse Last bestand.

Es war Taran. Ihre Arme waren zusammengebunden, und sie zappelte hilflos an den langen Seetangwedeln, deren Enden der zweite und der dritte Delfin im Schnabel hielten, um sie so durchs Wasser zu ziehen. Mit aufgeregtem Schnattern verkündeten die Delfine ihre Ankunft, und Arhans kam sofort zu dem Boot geschwommen, ließ ihren Schwanz triumphierend aufs Wasser klatschen und bespritzte alle, als sie abrupt abbremste. Es folgten weitere Pfeif- und Schnattertöne, die Morvyr für Lizzy und Rose übersetzte.

»Arhans sagt, es sei eine anstrengende Verfolgungsjagd gewesen, aber gegen die Delfine hatte Taran natürlich keine Chance«, erklärte sie. Dann lächelte Morvyr. »Taran hat noch versucht, einen Zauberspruch aufzusagen, doch er hat nicht gewirkt. Mit ihrer Macht ist es vorbei.«

Lizzy und Kes strahlten vor Freude, und Taran knurrte erbost – auf eine Art, die Lizzy verdächtig an Tullor erinnerte.

»Ihr Räuber!«, fauchte Taran. »Ihr Verräter!«

»Du bist die Verräterin und Räuberin, Taran, nicht wir!«, entgegnete Morvyr kühl. »Aber deine Herrschaft ist beendet und du wirst nie wieder Macht über die unterseeische Welt haben.«

»Was machen wir mit ihr?«, fragte Jack.

»Es gibt nur eine Person, die darüber entscheiden darf«, sagte Morvyr. »Die *wahre* Königin wird über Tarans weiteres Schicksal entscheiden.«

»Ha!«, schnaubte Taran. »Außer mir gibt es keine wahre Königin – denn Kara ist schon vor Jahren gestorben!« Ihr Gesicht verzerrte sich, als sie spöttisch hinzufügte: »Dafür habe ich gesorgt!«

Morvyr zog verächtlich die Augenbrauen hoch. »Du hast Königin Kara ermordet, das stimmt. Doch Karwynna, ihre Tochter und Erbin, lebt. Das weiß ich, weil ich dich in der Grotte des Regenbogenteichs mit Tullor über sie reden hörte!«

Taran war sichtlich schockiert, versuchte es aber zu verbergen, indem sie höhnisch lachte. »Du bist ja gut informiert! Na schön, Karwynna lebt noch. Aber weißt du auch, *wo*?« Morvyrs Gesicht verriet ihr Nichtwissen, ehe sie es verbergen konnte, und Taran lachte abfällig. »Hab ich mir gedacht!«

»Wir werden sie finden«, sagte Morvyr wütend.

»Ach ja? Was für eine treue Untertanin du bist! Und wo willst du anfangen? Sie kann überall auf der Welt sein. Wie lange dauert es, bis man die ganze Welt durchsucht hat, Morvyr?« Wieder lachte sie spöttisch. »Ihr werdet alle an Altersschwäche sterben, ehe ihr Karwynnas Versteck gefunden habt!«

Bis jetzt hatte sich Jack zurückgehalten, nun aber konnte er sich nicht länger beherrschen. »Sag uns sofort, wo sie ist!«, befahl er zornig. »Sag es uns, Taran, sonst werde ich dich –«

»Nein«, fiel Morvyr ihm ins Wort. »Keine Drohungen bitte, Jack. Das ist *ihre* Art, mit den Leuten umzugehen, und wir sind nicht wie sie.« Sie wandte sich wieder an Taran und ihre Augen hatten die Farbe einer Sturmwolke. »Sagst du uns endlich, wo Karwynna ist?«

Taran schüttelte so heftig den Kopf, dass ihr die langen schwarzen Haare um die Schultern flogen. »Für wie blöd hältst du mich? Finde es doch allein heraus – falls du kannst!«

»Du hast die Krone und deine Macht verloren. Du hast nichts davon, wenn du dich weigerst, uns zu sagen, wo sie ist.«

»Ich weigere mich trotzdem. Dann bleibt mir zumindest die Genugtuung, zu wissen, dass ihr Karwynna niemals lebendig finden werdet.«

Seufzend wandte sich Morvyr an die anderen.

»Es nützt nichts. Selbst jetzt ist sie noch so verbohrt und voller Hass und Bosheit, dass sie sich nicht eingesteht, dass sie verloren hat. Es nützt nichts, es weiter zu versuchen. Wir haben wirklich Wichtigeres zu tun, als uns mit ihr herumzustreiten. Arhans – Taran ist jetzt eure Gefangene. Bringt sie an einen sicheren Ort und bewacht sie Tag und Nacht, damit sie nicht fliehen kann.«

Arhans pfiff ihre Zustimmung, und alle beobachteten schweigend, wie die anderen Delfine überprüften, ob Taran auch wirklich stramm genug gefesselt war. Dabei schoss Lizzy plötzlich ein Gedanke durch den Kopf. Taran hatte etwas gesagt, was sie stutzen ließ: *Sie kann überall auf der Welt sein.* Dieser Satz kam ihr irgendwie bekannt vor. Und wichtig. Wieso? Es wollte ihr leider nicht einfallen.

Taran wehrte sich nicht länger. Mehr noch: Als die Delfine die Enden der Seetangseile in den Schnabel nahmen und sie fortzogen, lächelte sie sogar.

»Tja«, sagte Morvyr niedergeschlagen, nachdem die abgesetzte Königin und ihre Eskorte in der Dunkelheit verschwunden waren, »wir *müssen* versuchen, Karwynna zu finden. Aber Taran hat recht: Selbst wenn all unsere Freunde mithelfen, kann es *ewig* dauern, wenn wir die ganze Welt absuchen müssen.«

Und plötzlich machte es »klick« in Lizzys Kopf.

Ihre Stimme klang etwas zitterig, als sie sagte: »Elf Jahre ...«

»Was?« Kes, Morvyr und Jack starrten sie an. Kes' und Morvyrs Blicke waren verständnislos, doch Jack hatte auf Anhieb begriffen.

»Ja«, sagte er leise. »Oh ja ... dasselbe Spielchen wie früher schon einmal! Lizzy, du bist ein Genie!«

»Wieso?«, fragte Kes. »Wisst ihr zwei etwas, was wir anderen *nicht* wissen?«

»Als Lizzy vor elf Jahren entführt wurde«, erklärte Jack, »legte Taran Spuren aus, die uns glauben ließen, sie sei an einen fernen Ort gebracht worden. Deshalb bin ich zu dieser fruchtlosen Jagd um den ganzen Erdball aufgebrochen. Und dabei war Lizzy die ganze Zeit fast direkt vor unserer Nase!«

Kes' Unterkiefer klappte herunter. »Ach so, du meinst, Taran hat wieder zu demselben Trick gegriffen? Dann müssten wir ja gar nicht die ganze

Welt absuchen, um Karwynna zu finden, oder? Dann ist sie irgendwo ganz in der Nähe?«

Zwei, drei Sekunden lang herrschte Schweigen, und außer dem Branden der Wellen, die an die Felsen donnerten, war nichts zu hören. Morvyr starrte auf das goldene Diadem in ihrer Hand und sagte leise: »Stimmt. Und ich denke, ich weiß auch, wo sie ist.« Ihre Augen blitzten vor Eifer, als sie sich nun an die Zwillinge wandte. »Ich schwimme noch einmal in die Grotte des Regenbogenteichs. Wollt ihr mitkommen?«

Die Gesichter von Kes und Lizzy verrieten ihre Begeisterung, noch ehe sie gemeinsam »Ja« riefen.

»Seid ihr nicht zu erschöpft?«

»Nein!«

Jack lachte. »Sie kämen auch mit, wenn sie vor Erschöpfung umfallen würden«, sagte er schmunzelnd. »Und was mich betrifft: Ich werde Rose nach Hause bringen und dafür sorgen, dass sie sicher in ihr Bett kommt.«

»Aber dann verpasse ich ja das Spannendste an der Sache!«, jammerte Rose.

Jack lächelte. »Ich weiß, du findest es nicht fair, Rose. Aber fürs Erste gibt es nichts Aufregendes mehr zu sehen. Und du und ich können nun mal nicht mit Morvyr und den Zwillingen auf dem Meeresgrund herumschwimmen«, fügte er etwas bedauernd hinzu.

Rose seufzte. »Stimmt.« Mit großen Augen schaute sie Lizzy an. »Aber wenn du zurück bist, musst du mir alles *haarklein* erzählen, okay?«

Lizzy erwiderte Roses fordernden Blick mit einem breiten Grinsen. »Darauf kannst du wetten, Schwesterherz!«

Morvyr hauchte Jack eine Kusshand zu. Und wenige Augenblicke später schwappten dort, wo bis eben drei Köpfe aus dem Wasser geschaut hatten, nur noch ein paar Wellen gemächlich auf und ab.

12. Kapitel

Der Mond war fast untergegangen, und die unterseeische Welt wirkte düster und geheimnisvoll, aber Morvyr schwamm zielgerichtet auf das Portal der schwarzen Perle zu. Lizzy und Kes schwammen neben ihr her. Lizzy war aufgedreht und nervös und mittlerweile todmüde, aber das hätte sie niemals zugegeben. Denn all diese Punkte wurden bei Weitem in den Schatten gestellt durch das Staunen über die unglaublichen Ereignisse der letzten Zeit. Taran war abgesetzt worden und würde das Meervolk nie mehr tyrannisieren können. Lizzy selbst hatte endlich ihre leiblichen Eltern und ihren Bruder kennengelernt und sich in dieser Nacht zum ersten Mal in eine Meerjungfrau verwandelt. Das war fast zu viel, um wahr zu sein. Doch als sie nun durch das Wasser glitt und das wunderbar kraftvolle Gefühl genoss, das ihr Fischschwanz ihr verlieh, wusste Lizzy, dass das alles wirklich passierte.

Es war so dunkel, dass sie den großen Felsen mit dem schmalen Eingang erst sah, als sie fast direkt darüber waren. Wieder verspürte Lizzy einen Anflug von Angst, als Morvyr sie, ohne zu zögern, zum Höhleneingang mit dem dahinterliegenden schwarzen Tunnel führte. Sie gelangten wieder zu der Vertiefung und Morvyr hielt das goldene Diadem darüber. Die schwarze Perle begann zu glühen und ihr Licht wurde vom Grunde der Vertiefung zurückgeworfen. Und das Wasser begann erneut zu brodeln und zu tosen und zog sie durch das Tor.

Zusammen tauchten sie im Regenbogenteich auf, in der Grotte, an deren Wänden sich die neun Spiegel befanden. Das Erste, was Lizzy auffiel, war die Stille nach dem Rauschen des Meeres draußen. Das war ein verrückter Gedanke, denn hier war es immer ruhig, nun aber noch ruhiger als sonst. Instinktiv blickte Lizzy zu dem breiten Felsvorsprung, der Taran als Thron gedient hatte, weil sie insgeheim damit rechnete, die böse Königin würde wie üblich dort sitzen und mit ihren kalten grünen Augen hochmütig auf sie herabblicken. Doch Taran war fort, ein für alle Mal, und in dem Höhlenraum am Meeresgrund herrschte eine so friedliche Atmosphäre, dass Lizzy sich nur wundern konnte.

Auch Kes blickte sich neugierig um, und als er nun etwas sagte, flüsterte er nur, als scheute er sich, die Stille zu zerstören.

»Ist ..., meinst du, Karwynna ist hier, Mutter?«

»Ja, das denke ich.« Morvyr schwamm genau in die Mitte des Regenbogenteichs und hob das goldene Diadem hoch über ihren Kopf. Langsam und aufmerksam drehte sie sich dann so, bis jede Perle auf den farblich passenden Spiegel zeigte. Und plötzlich begannen die Perlen zu leuchten – und die Spiegel leuchteten mit. Ihre Oberflächen begannen zu verschwimmen, und die jeweilige Farbe wurde langsam, aber sicher immer intensiver, bis schließlich der ganze Höhlenraum von Licht erfüllt war und in allen Farben des Regenbogens strahlte.

Lizzy und Kes hielten fasziniert die Luft an, und Morvyr sagte: »So sah es hier immer aus, als Kara noch unsere Königin war und ihre Krone ganz und heil war.«

»Es ist wunderschön ...«, flüsterte Lizzy beeindruckt.

»Ja. Und es ist ein Symbol der königlichen Macht.«

»Aber wo ist die richtige Königin denn nun?«, wollte Kes wissen. »Ich kann sie nirgends sehen.«

»Dann müssen wir sie rufen«, erklärte Morvyr. »Kinder, erinnert ihr euch noch an den Vers, den Jack euch beigebracht hat? Der Vers, den sich das Meervolk zugeflüstert hat, nachdem Taran die Macht an sich gerissen hatte?«

»Ja«, antwortete Lizzy. »Jack hat gesagt, mit diesem Vers wollte sich das Meervolk daran erinnern, dass Tarans Macht nicht ewig dauernd könne. Ich habe ihn auswendig gelernt und dann Kes beigebracht.«

Morvyr lächelte. »Gut. Dann legt jetzt beide Hände auf die Krone und sagt mit mir zusammen diesen Vers auf.«

Sie senkte das Diadem so weit, dass es in Brusthöhe der Zwillinge war. Lizzy und Kes schauten sich an und holten tief Luft. Dann legten sie vorsichtig beide Hände darauf. Die Krone fühlte sich merkwürdig warm an und das Licht der neun Perlen strömte zwischen ihren Fingern hindurch und ließ sie farbig glänzen.

Zu dritt sagten sie dann den Vers auf:

»Rot ist der Sonnenaufgang, orange glänzt der Himmel,
Golden glitzert der Sand.
Grün sind die Tümpel, in denen es vor Fischen wimmelt,
Blau ist das Wasser, das sich wälzt an Land.
Indigoblaue Schatten hüten der Höhlen Geheimnis,
Violett ist der Glanz der Nacht.
Silber und Schwarz aber, das ist gewiss,
Werden wieder erstrahlen in all ihrer Pracht.«

Die letzten Worte verklangen und für die Dauer von etwa zwei Herzschlägen war es im Höhlenraum wieder völlig still. Doch dann war plötzlich und unerwartet ein ohrenbetäubend lautes »KRACK« zu hören. Die Spiegel vibrierten, die Regenbogenfarben tanzten wild durcheinander – und Tarans Thron zersprang in tausend Stücke.

Einzelne Felsbrocken fielen herab und platschten in den Teich, und Morvyr und die Zwillinge mussten zur Seite springen, weil sie sonst getroffen worden wären, als das Wasser brodelnd über den Rand schwappte.

Die Felsbrocken sanken auf den Grund und das Wasser im Teich beruhigte sich wieder. Prustend schüttelte sich Lizzy das Wasser aus dem Gesicht, schaute wieder zum Felsenthron – und riss ungläubig die Augen auf.

Der Thron bestand nur noch aus Schutt und Geröll. Der Felsvorsprung hatte sich aufgespalten, und man sah, dass er innen hohl gewesen war. Und in seinem Inneren lag eine Meerjungfrau!

Sie war jünger als Taran und wunderschön. Ihre Haare sahen aus wie ein saphirblauer Wasserfall, reichten ihr bis zur Taille und umrahmten ein zartes Gesicht mit silbrigem Teint. Ihr Meerjungfrauenschwanz war türkisblau und mit silbrigen Schuppen übersät, die wie Pailletten glitzerten. Das wunderschöne Geschöpf hatte die Augen geschlossen und schien tief und fest zu schlafen.

»Mutter!« Vor Staunen bekam Kes den Mund nicht mehr zu. »Ist es …« Er schluckte und zögerte, seine Frage zu stellen, vermutlich aus Angst, er könnte sich irren.

Doch Morvyrs Strahlen ließ keinen Zweifel offen. »Ja«, sagte sie. »Es ist Karwynna!«

Mit einem kräftigen Flossenschlag schwamm sie durch den Teich auf den zerborstenen Felsvorsprung zu. »Karwynna! Königin Karwynna! Wir sind gekommen, um Euch zu retten!«

Die Meerjungfrau rührte sich nicht und Lizzy schaute ihre Mutter bestürzt an. »Sie ist doch nicht ... *tot*, oder?«

»Nein«, sagte Morvyr. »Ich denke, sie ist nur in Trance. Taran muss sie verzaubert haben, und sie wird erst aus ihrem Tiefschlaf erwachen, wenn wir den Zauber brechen.«

»Und wie? Weißt du es?«

Morvyr zögerte. »Nicht genau«, sagte sie dann. »Aber das Diadem hat uns geholfen, sie zu finden. Und ich denke, es wird uns noch einmal helfen. Wir müssen es ihr auf den Kopf setzen. Sie ist die wahre Königin, und wenn ich mich nicht täusche, hat die Krone die Macht, den bösen Zauber zu brechen.« Sie schaute nach links und nach rechts und begutachtete den Felsvorsprung. »Wie komme ich da hinauf? Der Rand ist steil, und ich besitze nicht die Zauberkräfte, die Taran benutzt hat ...« Aufgeregt wandte sie sich dann an die Zwillinge. »Aber *ihr* könnt hinaufklettern. Wenn ihr euch in eure menschliche Form verwandelt, ist das kein Problem für euch.«

»Ja, klar!«, rief Kes voller Eifer, doch Lizzy zögerte. Sie hatte Angst. Konnte sie sich wirklich per Willenskraft in ihre menschliche Form zurückverwandeln? Was, wenn sie es nicht mehr schaffte? Und selbst wenn sie sich zurückverwandeln konnte, wäre sie dann in der Lage, erneut zu einer Meerjungfrau zu werden? Oder würde sie ihre neu entdeckte Fähigkeit gleich wieder verlieren?

Kes sah die Zweifel auf ihrem Gesicht, und er spürte, was in ihr vorging. »Du schaffst es, Lizzy!«, sagte er eindringlich. »Einmal Meerjungfrau, immer Meerjungfrau – los, versuch's doch einfach!«

Lizzy schaute nervös von Kes zu Morvyr. Dann schloss sie die Augen und konzentrierte sich auf den Gedanken: *Ich bin ein Mensch. Ich bin ein Mensch ...*

»Oh!« Sie riss die Augen auf und auch den Mund, als sie ein Kribbeln in ihrem Schwanz verspürte. Sie versuchte, ihn zu bewegen, doch plötzlich hatte sie das Gefühl, zwei Schwänze statt nur einem zu haben. Oder – nein, es waren keine zwei Schwänze, es waren ihre Beine! Und ihre Schwanzflosse hatte sich wieder in Füße verwandelt, mit Zehen, die sie bewegen und mit denen sie wackeln konnte!

Kes fing an zu lachen. »Du solltest dein Gesicht sehen!«, prustete er. »Du siehst aus, als wäre dir der Mond auf den Kopf gefallen!«

Lizzy, die inzwischen wieder wie ein ganz normales Mädchen aussah, warf ihm einen finsteren Blick zu, sah dann aber ein, dass er wahrscheinlich recht hatte, und lachte mit.

»Lizzy, Kes!« Morvyr wollte streng klingen, doch ihre Mundwinkel zuckten. »Keine Zeit für eure Späße! Auf euch wartet eine feierliche Aufgabe.«

Die Zwillinge wurden ernst, doch Kes sah man an, dass es ihm schwerfiel. Auch er hatte sich bereits verwandelt und kletterte nun mit seiner Schwester behände auf den Felsvorsprung. Staunend blickten sie auf die schlafende Karwynna hinunter.

»Sie liegt so still da«, sagte Lizzy.

Kes nickte. »Ja, aber sie atmet. Schau!«

Morvyr, unten im Teich, streckte die Hände aus und reichte ihnen das Diadem. »Nehmt es, Kinder, und setzt es seiner rechtmäßigen Besitzerin auf den Kopf.«

Kes beugte sich zu ihr hinunter und nahm das Diadem entgegen. Er ging damit zu Karwynnas Kopf, hielt zu Lizzys Überraschung dann aber inne und reichte es ihr.

»Mach du es, Lizzy«, sagte er. »Ohne dich wäre das alles nie passiert. Deshalb solltest du der Königin nun ihre Krone aufsetzen.«

Lizzy hatte plötzlich einen Kloß im Hals. »Nein«, sagte sie mit erstickter Stimme. »Das habe ich nicht verdient ...«

Da sagte Morvyr: »Kes hat recht, Lizzy. Die Ehre gebührt dir. Du hast es verdient.«

Lizzy war überstimmt und sah ein, dass sie nicht ablehnen konnte. Mit zitterigen Händen nahm sie das Diadem entgegen und stellte sich neben Karwynna. Sie hatte das Gefühl, die königliche Krone würde in ihren Fingern zucken, fast so, als ziehe es sie an ihren rechtmäßigen Ort. Langsam und ehrfürchtig senkte sie das Diadem, bis es Karwynnas Haare berührte. Es passte perfekt. Und als Lizzy die Hände zurückzog, begannen die silberne und die schwarze Perle in sanfter Harmonie zu singen, während die anderen sieben Perlen in jeweils einer Farbe des Regenbogens pulsierten.

Ein Seufzer kam aus dem Mund der schlafenden Meerjungfrau. Ihre Augenlider begannen zu flattern und Lizzy und Kes blickten plötzlich in ein Paar bezaubernde türkisfarbene Augen mit silbernen Pünktchen.

Karwynna blinzelte. »Ich habe geträumt ...«, murmelte sie benommen, doch dann wurde ihr Blick klarer, und sie sah die gespannten Gesichter von Lizzy und Kes. Verwundert fragte sie: »Wer seid ihr ...?«

»Das sind meine Kinder, Majestät«, sagte Morvyr vom Teich aus. »Und dank ihrer könnt Ihr Euren Platz als rechtmäßige Königin nun einnehmen.«

13. Kapitel

Jack brachte Rose zum Ferienhaus und versuchte, sie davon zu überzeugen, dort zu bleiben, doch davon wollte Rose nichts wissen. Es ginge ihr super, behauptete sie, sie müsse sich nur rasch trockene Kleidung anziehen und ihren Eltern einen Zettel hinlegen, auf dem stand, Lizzy und sie würden einen frühmorgendlichen Spaziergang machen.

»Sie stehen sowieso erst in ein paar Stunden auf«, fügte sie hinzu. »Und ich habe schon so viel verpasst. Ich sitze wie auf glühenden Kohlen und bleibe bei dir, bis Lizzy und die anderen zurück sind, darf ich?«

Jack gab nach. Und sie kehrten in die kleine Bucht zurück, wo sie nun zusammen am Kiesstrand saßen. Die Zeit verging. Der Mond war inzwischen komplett verschwunden und bald würde der erste schwache Schein der Morgendämmerung den Himmel hinter ihnen erhellen. So früh am Morgen war die Luft frostig, doch Rose achtete nicht darauf. Sie war viel zu sehr damit beschäftigt, das Meer nach irgendwelchen Anzeichen von Lizzy und den anderen abzusuchen. Alle fünfzehn Sekunden glitt der doppelte Strahl des Bishop-Rock-Leuchtturms, vier Meilen weiter südwestlich gelegen, über den Himmel und ließ das Sternenlicht verblassen. Rose zählte jedes Aufblinken mit und war bestimmt schon bei hundert angelangt, doch Lizzy und die anderen waren noch nicht zurück.

»Meinst du, es ist alles in Ordnung?«, fragte sie nach einer Weile. »Was ist, wenn Lizzy sich getäuscht hat und sie Karwynna doch nicht fin–«

»Wir müssen abwarten«, sagte Jack. »Aber ich denke, Lizzy hatte recht.« Er lächelte. »Sie ist ein kluges Mädchen, deine Schwester.«

Rose nickte, kräuselte dann aber die Stirn. »Es ist irgendwie komisch, wenn ich mir klarmache, dass sie gar nicht meine Schwester ist. Ich meine, ich wusste es natürlich die ganze Zeit, weil wir ja beide adoptiert sind, aber ich habe uns immer als Schwestern *gesehen*. Aber jetzt ...« Ihre Stimme war immer leiser geworden und schließlich verstummt. »Ich weiß gar nicht mehr, was ich jetzt denken soll.«

»Ich an deiner Stelle«, sagte Jack, »würde es gar nicht erst versuchen. Darüber nachdenken, meine ich. Lizzy ist immer noch Lizzy, auch wenn sie wie Morvyr und Kes unter Wasser leben kann.«

»Ja, schon. Aber das ist es ja gerade. Was wird sie jetzt tun? Wird es ihr bei uns an Land immer noch gefallen oder ... oder ...?«

»Oder will sie in Zukunft lieber im Meer leben?« Jack seufzte. »Ich weiß es nicht, Rose. Wirklich nicht. Und ich denke, dass Lizzy es auch nicht weiß.«

Rose nickte wieder und biss sich auf die Unterlippe. Dann platzte sie mit der Frage heraus: »Was wäre dir am liebsten?«

Darüber hatte Jack natürlich schon nachgedacht, und er war zu dem Schluss gekommen, dass es nur eine richtige Antwort auf diese Frage gab. »Mir ist es am liebsten, wenn sie ihre eigene Entscheidung trifft«, sagte er. »Wie immer diese auch ausfallen mag.«

Rose dachte kurz nach, dann lachte sie leise. »Irgendwie hab ich erwartet, dass du das sagen würdest. In erster Linie geht es natürlich darum, was Lizzy will. Ich wünschte, ich könnte auch so selbstlos sein wie du, aber das kann ich nicht. Ich – ich will sie nicht verlieren.«

Jack wollte ihr gerade versichern, dass in diesem Punkt seiner Meinung nach keine Gefahr bestand, als Rose plötzlich den Hals reckte. »Sieh mal!«, rief sie und deutete aufs Meer. »Dort hinten!« Sie sprang auf und rutschte auf den Kieselsteinen aus. »Da kommen die Delfine!«

Fünf sanft geschwungene Rückenflossen ragten aus dem Wasser, und als Jack ebenfalls aufsprang, sprangen Arhans und ihre Artgenossen übermütig und laut pfeifend in die Luft. Hinter ihnen tauchten drei Köpfe auf, zwei blonde und ein schwarzhaariger.

Rose stieß einen Freudenschrei aus. »*Lizzy!*« Sie rannte ins Wasser, zusammen mit Jack, bis die kleinen Wellen um ihre Knie schwappten. Lizzy winkte ihnen aufgeregt zu, und als sie sich der

Küste näherte, hörten sie sie rufen: »Wir haben sie gefunden! Wir haben sie gefunden! Sie lebt!«

Das Wasser spritzte auf, als Lizzy auf Rose zurannte, ihr um den Hals fiel und vor Freude fast tanzte. Hinter Lizzy watete Kes an Land, während Morvyr so nah heranschwamm, wie sie konnte. Ihre Augen leuchteten. Für eine Weile herrschte eine heillose Aufregung, als Lizzy und Kes außer Atem unzusammenhängende Teile des Erlebten schilderten, während Rose sie mit Fragen bombardierte. Danach beruhigten sich alle wieder etwas. Und Lizzy sagte mit feierlicher Stimme: »Und da ist noch etwas! Etwas ganz Tolles – eine Einladung –« Sie drehte sich zu Morvyr. »Mutter, sag du es ihnen!«

Morvyr strahlte über das ganze Gesicht. »Jack, Rose: Morgen Abend gibt Königin Karwynna ein großes Fest für ihre treuesten Freunde. Und sie legt großen Wert darauf, dass ihr beide auch kommt.«

Rose starrte sie mit großen Augen an. »Ich auch?«, fragte sie ungläubig. »Warum ich? Jack natürlich, das ist klar. Aber ich habe doch gar nichts getan, um Königin Karwynna zu helfen.« Sie machte ein bekümmertes Gesicht. »Ganz im Gegenteil. Ich habe es ja fast vermasselt.«

»Das stimmt nicht, Rose«, sagte Jack. »Ohne dich hätten wir Taran nie aus ihrem Schlupfwinkel locken und folglich auch nicht besiegen können.«

»Und außerdem«, ergänzte Lizzy, »hat Taran dich hypnotisiert. Du *wolltest* ihr ja gar nicht helfen. Du wolltest *uns* helfen und das hast du auch getan.«

»Das stimmt«, bestätigte Kes grinsend. »Du warst der Köder, den Taran geschluckt hat.«

Rose blickte von einem zum anderen, verwirrt und durcheinander, und wusste nicht, was sie sagen sollte. Doch sie sah nur lächelnde Gesichter, und Jack sagte: »Was ist, Rose? Kommst du morgen mit zur neuen Königin?«

Rose zögerte, aber nur kurz. Dann strahlte sie. »Oh ja, schrecklich gern.«

Lizzy wusste nicht, wie sie und Rose den Rest des Tages und auch den folgenden Tag hinter sich brachten. Es war für beide eine Riesenanstrengung, so zu tun, als sei alles normal, damit Mr und Mrs Baxter keinen Verdacht schöpften. Doch irgendwann war auch dieser Tag zu Ende, und sobald sie sich sicher waren, dass ihre Eltern schliefen, schlichen sich die beiden Mädchen auf Zehenspitzen aus dem Ferienhaus und eilten zum Kiesstrand.

Als sie über das weiche Gras rannten, hätte Lizzy Rose gern gesagt, wie sehr sie sich freute, dass sie dieses Abenteuer endlich mit ihr teilen konnte, doch sie fand nicht die richtigen Worte. Deshalb griff sie nur nach der Hand ihrer Schwester und drückte sie. Rose war ebenfalls still, doch weil sie lächelte, wusste Lizzy, dass Rose spürte, was in ihr vorging.

Jack war mit dem kleinen Motorboot in die Bucht gekommen und Morvyr, Kes und Arhans waren auch bereits da. Jack strahlte über das ganze Gesicht und zwinkerte Rose und Lizzy zu, als wüsste er etwas, das sie nicht wussten. Lizzy hätte ihn zu gern danach gefragt, doch in der allgemeinen Aufregung ergab sich keine Gelegenheit. Die Mädchen kletterten ins Boot und es ging los. Sie fuhren aufs Meer hinaus, während die anderen drei neben ihnen herschwammen.

Je mehr sie sich dem hohen Leuchtturm näherten, desto größer schien er zu werden, und bald schon war sein sich drehender Lichtbalken so hell, dass ihre Gesichter gut zu sehen waren.

»Wohin fahren wir?«, fragte Lizzy, die fast schreien musste, um die Geräusche von Motor, Meer und Wind zu übertönen.

»Nicht mehr sehr weit«, antwortete Jack. »Siehst du das Inselchen zwischen uns und dem Leuchtturm? Dort müssen wir hin.«

»Aber das ist ja nur ein karger Felsen – dort gibt es nichts«, rief Rose erstaunt.

Jack schmunzelte wieder so geheimnisvoll. »Oh doch«, sagte er. »Ihr werdet es gleich sehen.«

Das Boot fuhr weiter. Die kleine Insel, auf die Jack gezeigt hatte, kam näher und näher – und auf einmal griff Rose nach Lizzys Arm und rief: »Hey, schau mal! Das gibt's doch nicht!«

Der Strahl des hohen Leuchtturms glitt wieder durch die nächtliche Luft und erhellte das Meer. In seinem Schein waren plötzlich überall Kreaturen zu sehen, die ausgelassen durch das Wasser tollten – hochsprangen, wieder eintauchten oder mühelos neben dem Boot herschwammen.

»Delfine und Seehunde!« Rose wäre vor Begeisterung am liebsten auf und ab gehüpft. »Das ist ja *irre*!«

»Königin Karwynna hat auch sie zu ihrem großen Fest eingeladen!«, erklärte Morvyr. »Alle sind überglücklich, dass Taran endlich fort ist.«

Inzwischen waren sie fast bei der kleinen Insel angekommen, Jack drosselte den Motor und das Boot wurde langsamer. Aus allen Himmelsrichtungen kamen weitere Delfine und Seehunde herbeigeschwommen und scharten sich um den aus dem Wasser ragenden Felsen. Es wimmelte plötzlich von Meeresbewohnern aller Art und das Pfeifen und Schnattern der Delfine klang wie eine sonderbare Melodie.

Schmunzelnd wandte sich Jack an Rose und Lizzy. »So«, sagte er, »jetzt springen wir ins Wasser und tauchen unter!«

»Was?« Roses Unterkiefer klappte herunter. »Was soll das heißen?«

»Dieses Inselchen liegt ganz nah am Tor der schwarzen Perle«, erklärte ihr Jack. »Und dorthin gehen wir gleich – zum Tor der schwarzen Perle. Alle zusammen!«

Rose war entsetzt. »Unter Wasser? Nein, nicht schon wieder! Das kann ich nicht! Ich würde ertrinken!«

»Nein, Rose, du wirst unter Wasser atmen können. Wir beide können es.« Jack holte etwas aus seiner Jackentasche. »Das hat mir Morvyr vorhin gegeben. Schau! Ein ganz besonderes Geschenk von der neuen Königin.«

Er hielt zwei geschlossene Austern in der Hand. Rose beäugte sie skeptisch. »Ich verstehe nicht …«

Morvyr kam neben das Boot geschwommen. »Königin Karwynna hat ihre magischen Kenntnisse von ihrer Mutter gelernt«, erklärte sie Rose. »In diesen Austern ist ein Trank, der es dir und Jack ermöglicht, unter Wasser zu atmen. Natürlich nur für ein paar Stunden, aber das wird reichen, um Königin Karwynna an ihrem Hof zu besuchen.«

Ungläubig riss Rose die Augen auf. Sie wollte etwas sagen, fand aber keine Worte.

Ganz im Gegensatz zu Lizzy. »Oh, Jack, das ist ja wunderbar!« Mit leuchtenden Augen drehte sie sich zu Rose. »Du kommst doch mit, oder?«, bettelte sie. »Bitte, sag, dass du mitkommst!«

»Es ist völlig ungefährlich«, fügte Jack hinzu, als er sah, dass Rose zwischen Faszination und Angst hin- und hergerissen war. »Wir werden alle auf dich aufpassen. So eine Chance bietet sich einem nicht oft im Leben.«

»Ja«, wisperte Rose. »Ja, oder?« Nach kurzem Zögern gab sie sich einen Ruck. »Gut, ich mach's!«

Lizzy fiel ihr jubelnd um den Hals und Kes schlug im Wasser einen Purzelbaum.

Jack gab Rose eine der beiden Austern. »Öffne die Schalen ganz vorsichtig – schau, so!« Er legte die andere Auster auf seine Handfläche und drückte die beiden Hälften mit der anderen Hand vorsichtig auseinander. Im Inneren befand sich eine Flüssigkeit, die in allen Farben des Regenbogens glitzerte. Rose klappte ihre eigene Auster auf und starrte entzückt auf die Farbenpracht.

»Das müssen wir jetzt schlucken«, erklärte Jack und lächelte sie aufmunternd an. »Sollen wir es gleichzeitig machen?«

Rose nickte. Sie wechselte einen kurzen Blick mit Jack. Dann führten sie die Austernschalen an die Lippen und tranken. Rose schluckte, blinzelte und saß dann reglos da, als wartete sie darauf, dass etwas geschah. Nach einigen Sekunden sagte sie: »Ich fühle mich gar nicht anders ...«

»Oh, das kommt noch«, versicherte ihr Jack. »Los! Ich halte dich an der einen Hand, Lizzy an der anderen. Bist du bereit?«

»W-was ist mit dem Boot?« Im letzten Moment blickte Rose sich noch hektisch um und suchte verzweifelt nach einer Ausrede. »Wenn keiner dableibt, wird es wegtreiben ...«

»Die Delfine passen auf, dass das nicht geschieht.«

Jetzt oder nie! Rose blickte Hilfe suchend zu Lizzy, doch diese lächelte nur aufmunternd und reichte ihr die Hand. Rose umklammerte sie, so fest sie konnte ... und sie sprangen zu dritt ins Meer und verschwanden unter den Wellen.

14. Kapitel

Anfangs war Rose zu verblüfft, um etwas zu sagen, doch Lizzy konnte sich vorstellen, wie sie sich fühlen musste, als sie nun zu dritt auf das Tor der schwarzen Perle zuschwammen. Sie erinnerte sich noch gut daran, wie es war, als sie selbst entdeckt hatte, dass sie unter Wasser atmen konnte: an die anfängliche Angst und Verwunderung, die sich allmählich in Zuversicht und fasziniertes Staunen verwandelt hatten. Rose erging es nicht anders, und nachdem sich die erste Panik gelegt hatte, war sie nur noch überwältigt und ergriffen von dem, was mit ihr geschehen war.

Lizzy konnte sich inzwischen ganz mühelos per Willenskraft verwandeln, und als Rose sie plötzlich als Meerjungfrau sah, stieß sie einen entzückten Schrei aus.

»Ich *glaub* es nicht!«, rief sie und schlug lachend auf die Luftblasen ein, die beim Sprechen aus ihrem Mund kamen. »Manche Leute schwärmen davon, wie schön es ist, mit Delfinen zu schwimmen – aber ich schwimme auch noch mit Meerjungfrauen! Es ist einfach … *unglaublich*!«

Sie schwamm zwischen Lizzy und Kes, die sie beide an je einer Hand hielten, während sie Jack und Morvyr folgten, die sich ebenfalls an den Händen hielten. Jack schien sich unter Wasser absolut wohl- und ganz in seinem Element zu fühlen. Hin und wieder drehte er sich zu ihnen um und Lizzy sah ihn strahlen. Sie hatten die Delfine und Seehunde hinter sich gelassen, doch hier in der Tiefe gab es so viele andere interessante Kreaturen zu sehen! Fische aller Größen und Arten flitzten an ihnen vorbei und ihre Schuppen glitzerten im Dämmerlicht. Tintenfische und Kraken wedelten mit ihren Tentakeln, als sie vorbeischossen, und winkten ihnen fröhlich zu. Ihnen folgte ein Schwarm blauer Quallen, die so intensiv funkelten, dass sie wie exotische, lebende Edelsteine aussahen. Rose kam sich wie in einer Märchenwelt vor und konnte sich nicht sattsehen.

Es dauerte nicht lange, bis sie sich dem Felsenspalt näherten, und sie schwammen hindurch in den schmalen Tunnel, der zum eigentlichen Portal führte. Auf der anderen Seite sah man bereits Licht schimmern, und als sie das Portal erreicht hatten, hörten sie aus den Tiefen des Tores eine liebliche Stimme »Seid willkommen« rufen, und es klang ganz anders als früher bei Taran.

Rose wusste nicht, was sie erwartete, und Lizzy hörte sie aufschreien, als sie von dem tosenden, strudelnden Wasser durch das Tor gewirbelt wurden. Sie rief: »Keine Angst, alles in Ordnung!«, doch sie hatte noch nicht zu Ende gesprochen, als die aufregende Tordurchquerung zu Ende war und sie im Teich in der Regenbogenhöhle auftauchten.

Lizzy schaute sich ungläubig um: Die Höhle sah völlig verändert aus. Alle neun Spiegel funkelten und glitzerten und ihr farbiges Licht vermischte sich und tanzte über Decke und Wände. Um den Teich herum saßen die Untertanen der neuen Königin: das Meervolk. Alt und Jung, Männer, Frauen und Kinder mit langen, wallenden Haaren und Schwänzen, die in einem Dutzend verschiedenen Farben glänzten. Einige von ihnen trugen einen Umhang, aus Seetang gewebt, andere Halsketten und Armbänder aus Muscheln aller Art, wieder andere hatten sogar Seeanemonen als eine Art lebende Blumen in den Haaren. Sie alle lächelten die fünf Neuankömmlinge an.

Und auf einem Thron, der aus zwei riesigen Kammmuscheln bestand und verschwenderisch mit Seeanemonen, Korallen und mehrfarbigem Seetang verziert war, saß Königin Karwynna.

Sie sah noch bezaubernder aus als in der Nacht, in der sie aus ihrer Zaubertrance erwacht war. Ihre Haarpracht und ihr Schwanz glänzten in allen Farben eines sonnenbeschienenen Meeres; Weisheit, Güte und Freundlichkeit lagen in ihren türkisblauen Augen. Auf dem Haupt trug sie das goldene Diadem mit seinen neun Perlen und in der Hand ein zierliches Zepter aus Perlmutt mit einem springenden Delfin als Wappentier.

Auch Karwynna lächelte sie an und sagte mit einer Stimme, die sanft und kraftvoll und melodiös zugleich war: »Herzlichen Dank, Morvyr, dass du deine Kinder mitgebracht hast! Und Jack – wie schön, dich zu sehen! Ich war noch sehr jung, als ich dich das letzte Mal sah, aber ich erinnere mich noch gut daran.« Ihr Blick heftete sich auf die letzte Besucherin. »Und das ist Rose?«

Rose zitterte so sehr, dass Lizzy und Kes sie an den Armen festhalten mussten, damit sie nicht unterging. »J-ja, E-euer Majestät ...«, stammelte sie schließlich.

»Ich danke dir, meine Liebe, für deine unschätzbare Hilfe«, sagte Karwynna. »Ich kann dir nicht sagen, wie sehr es mich freut, deine Bekanntschaft zu machen.«

Rose war den Tränen nahe. »Aber ich war Euch doch gar keine Hilfe«, sagte sie niedergeschlagen. »I-ich hätte doch b-beinahe alles ruiniert.«

»Psst!« Karwynna hielt sich einen Finger an die Lippen. »Ohne dich hätten wir heute nichts zu feiern.« Verschmitzt lächelte sie Rose an. »Ist das kein Grund, dass wir fortan Freundinnen sind?« Sie beugte sich herab und streckte eine Hand aus. »Komm und setz dich zu mir, damit wir uns besser kennenlernen können.«

So kam es, dass sie alle gleich darauf inmitten der

anderen Meerleute um den Teich herum saßen. Viele von ihnen kannten Jack noch von früher und freuten sich sehr, ihn wiederzusehen und Lizzy kennenzulernen. Natürlich wollten sie unbedingt wissen, wie es ihnen in all den Jahren ergangen war. Lizzy staunte, mit wie vielen der Anwesenden sie verwandt war – es waren ihre Tanten, Onkel oder Cousins und Cousinen. Selbst Rose überwand ihre anfängliche Schüchternheit und unterhielt sich bald mit allen. Der große, festlich geschmückte Höhlenraum hallte wider von den vielen Gesprächsfetzen und dem Gelächter, bis Karwynna plötzlich sagte: »Meine lieben Freundinnen und Freunde, ich freue mich sehr, euch alle zu diesem erfreulichen Anlass wiederzusehen! Aber es gibt da noch eine weniger erfreuliche Angelegenheit zu regeln.« Sie wandte sich an drei der erwachsenen Meerleute. »Ich denke, es ist an der Zeit, dass wir über unsere Gefangene richten.«

Die drei verbeugten sich, glitten in den Teich und verschwanden unter der Wasseroberfläche. Rose schaute zu Lizzy und flüsterte ängstlich: »Sie meint Taran ... Oh, Lizzy, was wird sie tun, wenn sie mich sieht?«

»Nichts!«, flüsterte Lizzy zurück. »Sie *kann* nämlich gar nichts tun. Nicht mehr.«

Alle Stimmen waren etwas leiser, bis die drei Meerleute zurückkamen – und eine vierte Person mitbrachten.

Taran hatte keine Chance. Sie war noch mit den Seetangwedeln gefesselt, mit denen die Delfine sie angeschleppt hatten, und sah irgendwie kleiner aus – so, als hätte sie mehr verloren als nur ihre Macht. Doch falls jemand gehofft hatte, sie würde Reue zeigen, so hatte er sich getäuscht. Taran war so arrogant und stolz wie eh und je. Hochmütig ließ sie ihren Blick über die Anwesenden schweifen – bis er an Rose hängen blieb.

»Ha! *Du* –« Ihre grünen Augen blitzten vor Zorn und ihr Schnauben erinnerte Lizzy verdächtig an Tullor. Rose lief es kalt den Rücken hinunter; Lizzy und Kes legten ihr schützend einen Arm um die Schultern, und Rose blickte schnell weg.

Da sagte Karwynna mit sanfter, aber fester Stimme: »Genug!« Ungerührt musterte sie Taran. »Wir fürchten uns nicht mehr vor dir, Taran. Mit deiner Herrschaft ist es vorbei. Hast du noch etwas zu sagen?«

Taran starrte die Königin so hasserfüllt an, dass die Temperatur in der Regenbogenhöhle plötzlich um einige Grad gesunken zu sein schien. »Wenn du denkst, ich würde um Verzeihung bitten, dann hast du dich getäuscht!«, fauchte sie. »Lieber sterbe ich.«

Karwynna schüttelte den Kopf. »Ich habe nicht die Absicht, dich zu töten. Sonst wäre ich ja so grausam wie du. Ich habe mit meinem Volk gesprochen und wir haben deine Strafe gemeinsam festgelegt. Deine Diener haben dich im Stich gelassen, doch falls sie nun *mir* ihre Treue geloben, wird ihnen verziehen. Du aber wirst weit weggeschickt und den Rest deiner Tage im Exil verbringen. Die Delfine werden dich bewachen und dafür sorgen, dass du nie mehr zurückkehren kannst. Mit deiner Macht ist es ein für alle Mal vorbei.«

Taran knurrte erneut, sagte aber nichts mehr. Seufzend nickte Karwynna den drei Meerleuten zu.

»Bringt sie ins Meer jenseits der Inseln. Unsere eigenen Delfine werden sie auf der ersten Etappe begleiten, danach werden die anderen sie übernehmen. Sie wird auf die andere Seite der Erdkugel gebracht. Und wir werden sie frohen Herzens vergessen können.«

Nachdem Taran fortgeführt worden war, machte sich in der Höhle zuerst ein nachdenkliches Schweigen breit, doch dann hörte man wieder die ersten Gespräche und kurz darauf war die Stimmung richtig ausgelassen und es wurde viel gelacht. Die Zeit verging so schnell, dass Lizzy erschrak, als Morvyr sie beiseitenahm und sagte: »Lizzy, ihr müsst wieder an Land zurück; Jacks und Roses Zaubertrank verliert bald seine Wirkung. Aber bevor ihr geht, möchte dich Königin Karwynna noch etwas Wichtiges fragen.«

»Mich?« Lizzys anfängliches Bedauern machte einem Gefühl von Neugier Platz. Etwas unsicher setzte sie sich neben die Königin, die sie freundlich anlächelte.

»Nun, Lizzy«, sagte sie. »Für dich ist der Zeitpunkt gekommen, eine Entscheidung zu treffen.«

»Eine ... Entscheidung, Euer Majestät?«

»Ja. Du hast deine wahre Familie gefunden und deine Herkunft entdeckt. Willst du an Land wohnen bleiben – oder zu deinem Volk zurückkehren?«

»Ähm …«, sagte Lizzy leise. »Ihr meint … ob ich bei Kes und Mutter im Wasser leben will?«

Karwynna nickte. »Die Entscheidung liegt ganz bei dir.«

Verwirrt sagte Lizzy: »Ich … ich weiß nicht. Darüber habe ich noch nie nachgedacht. Ich –« Hilfe suchend sah sie zu Jack, der ganz in der Nähe saß. »Was ist mit meinem Vater? Was ist mit ihm?«

»Er hat sich bereits entschieden. Ich werde den Zauber meiner Mutter, Königin Kara, erneuern. Auf diese Weise kann er sich sowohl bei uns als auch oben an Land aufhalten. Mit dir dagegen verhält es sich anders, Lizzy. Du bist eine echte Meerjungfrau und brauchst im Gegensatz zu Jack keine Magie.« Sie wartete. »Was ist dir lieber?«

Da merkte Lizzy, dass sie es beim besten Willen nicht wusste.

»Bitte, Majestät«, sagte sie schließlich leise, »gebt Ihr mir noch etwas Zeit, um darüber nachzudenken?«

Sie befürchtete insgeheim, Karwynna könnte gekränkt sein, doch das war nicht der Fall. Lachend drückte sie Lizzy an sich. »Selbstverständlich bekommst du Zeit«, sagte sie. »So viel du willst.

Aber ...« Ihre Augen blitzten. »Aber *wenn* du dich entschieden hast, dann lass es uns wissen!«

Auf dem Rückweg nach St. Agnes waren alle ziemlich schweigsam. Arhans und ihre Artgenossen waren noch geblieben, um mit den Seehunden und den anderen Delfinen zu feiern, und so kam es, dass nur Kes und Morvyr neben dem kleinen Motorboot herschwammen, das langsam, aber sicher auf die Küste zufuhr. Lizzy und Rose saßen zusammen hinter Jack, redeten aber kein Wort. Rose hatte nicht mithören können, worüber sich Lizzy und Königin Karwynna unterhalten hatten, doch sie ahnte, worum es gegangen war, und wusste, dass ihre kleine Schwester über vieles nachdenken musste.

Irgendwann aber brach Rose das Schweigen. »Ich kann es noch immer nicht glauben, was alles passiert ist«, sagte sie. »Ich meine, ich glaube es natürlich schon, weil ich dabei war, aber ... dass ich mit einer Königin und Meerleuten unter Wasser ein Fest feiere ... unglaublich ... Und jetzt ist alles vorbei.«

Lizzy lächelte sie verschmitzt an. »Nein, das ist es nicht«, sagte sie. »Kes ist noch da. Und Jack. Und Morvyr und Arhans und –«

»Okay, okay! Das lässt auf weitere spannende Abenteuer hoffen, ich weiß! Aber leider nur für dich, nicht für *mich.*«

Lizzy gab ihr keine Antwort, und nach etwa einer Minute fügte Rose hinzu: »Morgen fahren wir nach Hause.«

»Ich weiß.«

»Ist das ... okay für dich?«, fragte Rose prüfend. »Ich meine ...« Ihre Stimme verlor sich.

Lizzy zögerte. Rose ahnte offenbar, worum es zwischen Königin Karwynna und ihr in der Regenbogenhöhle gegangen war, und sie hätte zu gern mehr erfahren. Lizzy hätte ihr am liebsten sofort eine Antwort gegeben, aber ...

Sie starrte auf die Insel vor ihnen und sagte nachdenklich: »Ich weiß es noch nicht. Aber vielleicht weiß ich mehr, wenn du mich morgen noch mal fragst.«

Und sie fiel Rose um den Hals und drückte sie, so fest sie konnte.

EPILOG

Die Scilly-Fähre glitt aus dem kleinen Hafen und gewann zunehmend an Geschwindigkeit, als sie auf ihrer Rückfahrt zum Festland auf das offene Meer zufuhr. Lizzy saß im Heck an der Reling und starrte gedankenverloren auf die Umrisse der vielen Inseln, die in der grellen Nachmittagssonne immer kleiner wurden. Mrs und Mr Baxter hatten es sich hinter ihr gemütlich gemacht; Mr Baxter hielt bereits sein Nickerchen, Mrs Baxter war in ein Buch vertieft. Rose war im Bordshop verschwunden, und als sie zurückkam, setzte sie sich zu Lizzy an die Reling und drückte ihr einen Schokoriegel in die Hand.

»Hier, dein Lieblingsriegel«, sagte sie.

»Oh, danke.« Die beiden Mädchen wickelten ihre Riegel aus und knabberten schweigend Minuten daran herum. Wieder war es Rose, die als Erste das Schweigen brach. »Du hast gesagt, ich solle dich morgen wieder fragen, Lizzy. Das wäre heute.«

»Stimmt.« Lizzy zerknüllte das Einwickelpapier und steckte es in ihre Schultertasche. »Du kannst dir sicher denken, was Königin Karwynna mich gefragt hat, oder?«

»Ich denke schon. Ob du ins Meer zurückkehren möchtest?«

Lizzy nickte. »Ich habe die halbe Nacht darüber nachgedacht. Und ich weiß jetzt ganz genau, was ich möchte.«

Rose sah Lizzy gespannt an.

Schließlich sagte Lizzy: »Ich gehe nicht zurück.«

Rose strahlte. »Echt? Oh, Lizzy! Aber – bist du dir *ganz* sicher?«

Lizzy nickte. »Ich wurde im Meer geboren und Morvyr und Jack sind meine wahren Eltern. Aber ich bin an Land aufgewachsen. Und Mum und Dad ... für mich waren sie *immer* Mum und Dad, genau wie für dich. Und es stimmt, ich habe meinen Zwillingsbruder gefunden.« Zum ersten Mal, seit sie auf der Fähre waren, schaute sie Rose in die Augen. »Aber ich habe auch eine Schwester. Diese drei Menschen, die bisher meine einzige Familie waren, kann ich nicht aufgeben, Rose. Es geht nicht.«

Lizzy hatte Tränen in den Augen, und Rose spürte, dass ihre Unterlippe zu beben begann. »Oh, Lizzy ...«, schluchzte sie und fiel Lizzy um den Hals.

»Hey, du erstickst mich!« Verlegen schob Lizzy ihre Schwester ein Stück von sich weg, schniefte dann und wischte sich die Augen ab. »Kann sein, dass ich eines Tages zurückgehen werde. Aber in den nächsten Jahren ganz bestimmt nicht und vielleicht nie. Weißt du, eigentlich habe ich das Beste aus beiden Welten, oder? Kes kann mich ab und zu am Strand besuchen, und wann immer ich Lust habe, kann ich zu ihm und Morvyr in ihre Welt schwimmen. Und Jack ist auch oft hier.« Sie zögerte. »Und außerdem ... *gefällt* es mir, an Land groß zu werden.«

»Und was ist mit der Schule?«, fragte Rose und grinste.

»Oh, hör *damit* auf, sonst überlege ich es mir noch anders!« Lizzy versuchte, sie spielerisch gegen den Arm zu boxen, wurde dann aber wieder ernst. »Nein, im Ernst, einschließlich der Schule. Das ist meine vertraute Welt, Rose. Und ich will, dass es so bleibt.«

Eine Weile herrschte Schweigen, dann sagte Rose: »Ich bin echt froh, Schwesterherz. Ich dachte schon, ich würde dich verlieren. Ich kann dir gar nicht sagen, wie erleichtert ich bin, dass du uns erhalten bleibst.«

Rose lächelte.

»Du musst Kes natürlich bald mal zu uns nach Hause zum Abendessen einladen«, sagte Rose verschmitzt.

Lizzy kicherte, als sie sich fragte, ob Kes Dinge wie Pizza oder Frikadellen überhaupt mögen würde. Sie fühlte sich jetzt sehr viel besser. Das Gespräch mit Rose hatte ihre letzten Zweifel weggefegt, und sie war sich nun ganz sicher, dass sie die richtige Entscheidung getroffen hatte. Morvyr und Kes würden es verstehen, das wusste sie, und Königin Karwynna auch. Und vielleicht würde sie irgendwann in ferner Zukunft ...

»Schau mal!«, sagte Rose leise. »Delfine!«

Sie deutete über das Achterschiff. Fünf Delfine schwammen hinter der Fähre her, sprangen immer wieder mit eleganten, kraftvollen Sprüngen aus dem aufgewühlten Kielwasser. Plötzlich beschrieben sie alle gleichzeitig einen Bogen und Lizzy sah auf dem Rücken des mittleren Delfins im Sonnenschein einen silbernen Streifen aufblitzen.

Lizzy strahlte über das ganze Gesicht und winkte den Delfinen zu. Die Delfine tauchten wieder in die Wellen ein, und nur für einen kurzen Augenblick glaubte Lizzy, noch etwas anderes zu sehen. Zwei Gestalten ... glänzende, silbrig grüne Schuppen ... einen dunklen Jungenhaarschopf und eine lange, goldblonde Mähne, die wie Seetang im Wasser schwebte, während sich die beiden mit Arhans und ihren Artgenossen ein Wettrennen lieferten ...

Lizzy fühlte sich überglücklich, und sie warf einen Handkuss nach hinten, den der Wind mit sich forttrug.

»Bis bald ...«, flüsterte sie.

ENDE

Willst du mehr über Louise Cooper wissen?

Worüber würden Sie sich am meisten freuen, wenn Sie eine Meerjungfrau wären? Und wie würden Sie heißen wollen?

Ich fände es total spannend, wenn ich dann alle Meerestiere verstehen und nach ihrem Leben befragen könnte. Und ich hätte auch schrecklich gern die Macht, Sonnenschein herbeizuzaubern. Wie ich heißen wollte? Nun, es müsste auf jeden Fall ein Name sein, der etwas Schönes bedeutet. Vielleicht »Sterganna«; das ist ein kornisches Wort und es bedeutet »Sternenlicht«.

Können Sie so gut schwimmen wie Lizzy?

Leider nicht! Ich schwimme zwar gern, aber nicht sehr gut, fürchte ich. Dafür liebe ich Bodyboard-Surfing, was ich sehr gern tue, wenn ich am Strand bin. Es macht echt Spaß, aber ich achte immer darauf, dass ich in Küstennähe bleibe.

Haben Sie Geschwister?

Nein, ich bin Einzelkind. Auch mein Mann Cas ist ein Einzelkind ... Aber dafür haben wir eine ganz liebe Katze!

Haben Sie schon mal jemanden kennengelernt, der so gruselig war wie Tullor?

Nein, so gruselig nicht, und darüber bin ich ganz froh. In Aquarien habe ich schon Meeraale gesehen, und selbst wenn sie hinter Glas sind, sehen sie zum Fürchten aus!

Meine Freundin hat ein Pferd, Mischa, vor dem ich auch manchmal Angst habe, einfach weil es so groß ist. Es ist eine Kreuzung aus Vollblüter und Zugpferd, mit einem Stockmaß von über einem

Meter siebzig. Aber Mischa ist ein sanfter Riese. Man muss nur aufpassen, nicht unter ihre Hufe zu geraten ...

Sind Sie schon mal mit Delfinen geschwommen?

Nein, aber wäre es nicht herrlich? Bei uns in Cornwall sieht man manchmal Delfine vor der Küste. Und als wir einmal mit der Fähre zu den Scilly-Inseln fuhren, schwamm eine Gruppe von Delfinen etwa eine halbe Stunde lang hinter uns her. Den engsten Kontakt mit Delfinen hatte ich allerdings in der Bretagne: Cas und ich waren bei Freunden auf einem Boot, als eines Abends ein Delfin herbeigeschwommen kam, mit uns gespielt und »geredet« hat. Es war fantastisch; ein Erlebnis, das ich nie vergessen werde.

Hatten Sie als Kind ein Lieblingsbuch?

Oh ja, und zwar: *Der Löwe, die Hexe und der Kleiderschrank* von C. S. Lewis. Als ich es zum ersten Mal las, war ich ungefähr acht, und nachdem ich es gelesen hatte, wollte ich durch den Schrank im Schlafzimmer meiner Eltern nach Narnia gehen.

Ich weiß noch, dass ich schrecklich enttäuscht war, als es nicht klappte! Dieses Buch ist für mich noch heute das magischste und aufregendste Buch, das ich kenne und das mich immer wieder inspiriert.

Was tun Sie am liebsten?

Am allerliebsten bin ich am Strand. Ich halte in Tümpeln zwischen den Steinen nach angeschwemmten Fischen Ausschau, suche Muscheln, baue Sandburgen, paddle oder surfe, erforsche alles, träume vor mich hin ... Für mich gibt es nichts Schöneres als einen Tag am Meer!

Wie sind Sie Schriftstellerin geworden?

Schon als kleines Kind habe ich mir ständig Geschichten ausgedacht – normalerweise Gruselgeschichten – und merkte recht schnell, dass ich später auf jeden Fall schreiben wollte. Also schrieb und schrieb ich und schickte meine Manuskripte so lange an diverse Verlage, bis endlich mein erstes Buch veröffentlicht wurde. Und seitdem schreibe ich quasi ununterbrochen.